NE M'OUBLIE PAS

SIRKKU LARRIVOIRE

NE M'OUBLIE PAS

FRANCE LOISIRS
123, boulevard de Grenelle, Paris

Édition du Club France Loisirs, Paris,
avec l'autorisation des Éditions de Minuit.

7, rue Bernard-Palissy, 75006 Paris

ISBN 2-7242-0684-3

Je n'ai plus peur des cercueils,
mais je déteste toujours les valises.

Je n'avais sans doute que quatre ans, mais je revois tout, comme si, aujourd'hui, je regardais une photographie.

L'église se dressait sur le tertre d'une haute colline. Autour d'elle, un petit village qui ne possédait que quelques magasins : une pharmacie, un salon de coiffure, une boucherie, une épicerie et une boulangerie.

Il y avait aussi un commerce de cercueils, mais il était isolé au pied de la colline, à un kilomètre au moins à l'écart des autres magasins. Maman en était la propriétaire. La boutique était au bord d'une route parcourue chaque jour par un autocar et par le camion de la laiterie.

Nous habitions dans l'arrière-boutique. Nous étions trois, maman, mon petit frère et moi. Nous disposions de deux pièces et d'une cuisine. Le logement était très simple.

Il n'y avait pratiquement pas de meubles.

Le magasin n'était pas grand, mais il contenait beaucoup, beaucoup de cercueils. Il y en avait partout, empilés le long des murs ou posés à terre, si près les uns des autres qu'il était impossible de se frayer un chemin entre eux. Certains étaient noirs, d'autres blancs. Certains étaient en bois brut, d'autres vernis ; d'autres encore, plus luxueux, en chêne. Il en existait de toutes tailles, des grands et des petits.

Les cercueils étaient régulièrement emportés, mais d'autres les remplaçaient sans cesse. Je restais près de maman. Je voyais les clients venir faire leur choix. Je ne savais pas pour qui, parents ou amis. Ils étaient toujours si tristes et silencieux. Maman prenait les mesures des cercueils, puis notait les dimensions et les commandes. De sa belle écriture, elle traçait aussi les textes sur les rubans de soie des gerbes et des bouquets. Elle n'arrêtait pas de travailler.

Plus loin, de l'autre côté de la route, il y avait un dancing. Des flonflons d'accordéon en parvenaient qui nous empêchaient de dormir. Tous les samedis soirs, c'était bal. Quand la soirée prenait fin et après que la musique s'était tue, les danseurs passaient devant chez nous en faisant grand bruit. Au petit matin, ils traînaient et poussaient des cris lugubres. Maman disait qu'ils étaient ivres. J'ignorais ce que cela voulait dire, je savais seulement que cela concernait le monde des adultes. Parfois, certains s'arrêtaient devant chez nous, secouaient la porte et criaient le nom de maman. C'était effrayant.

C'était l'hiver. Il y avait beaucoup de neige. Comme notre logement était très froid, nous dormions, mon frère et moi, dans la cuisine, dont maman entretenait le grand fourneau avec des bûches coupées court. Elle allait les chercher dans une resserre à bois de l'autre côté de la cour. Il y avait toujours du feu dans le fourneau. Maman, elle, dormait dans une petite chambre dont elle n'allumait le poêle en faïence que pour la nuit.

Le magasin était dépourvu de tout chauffage. Maman devait porter un manteau pour vendre ses cercueils. Quand elle en tapissait l'intérieur, elle avait sûrement les mains gelées. Les miennes l'étaient, en tout cas, même si je les gardais toujours dans mes poches quand j'étais dans la boutique.

Lorsque les clients étaient riches, ils commandaient des cercueils de chêne capitonnés. Parfois, c'était de la soie véritable. Je pensais qu'ils étaient vraiment très riches. Les gens ordinaires se contentaient, par la force des choses, de papier crêpe bon marché. C'était la garniture la plus simple pour un cercueil.

Je n'ai jamais compris pourquoi on ne faisait pas les mêmes cercueils pour tout le monde, puisque eux, ils étaient tous les mêmes : morts.

Un jour, un jeune couple vint au magasin. Ils avaient tous deux l'air si malheureux que je me suis sentie très mal. Je n'ai pas suivi attentivement leur conversation avec maman, mais l'homme m'a regardée longuement. En même temps, avec un mètre-ruban, il prenait les mesures d'un cercueil. Celui-ci était juste d'une taille qui m'aurait convenu. Par précaution, il reprit ses mesures une deuxième fois. Puis il demanda à ma mère, quelle était ma taille. Sa femme se tenait à côté de lui et pleurait.

J'étais maintenant certaine que le cercueil était destiné à leur enfant. Ils demandèrent qu'il soit aussi vite que possible tapissé de blanc. Maman prit des notes sur son livre. Elle restait calme, comme toujours. Mais je me sentais de plus en plus mal. Je courus au grenier pour pleurer derrière un vieux mur. Comment pouvait-on mourir si jeune ? Quand je redescendis au rez-de-chaussée, maman était déjà occupée à capitonner le petit cercueil.

J'eus un sommeil troublé. Toute la nuit, je pensai à l'enfant mort et à ses parents. J'avais la gorge serrée quand, au matin, ils vinrent chercher le cercueil sur une charrette tirée par un cheval. Je regardais en cachette, derrière les rideaux, à travers la fenêtre couverte de cristaux de glace. Le cercueil fut hissé précautionneusement sur la charrette et recouvert d'une vieille pièce de feutre. Je sentais mon cœur battre. Je voyais maman à côté de la charrette. Elle ajustait les bords du tissu. La charrette s'éloigna lentement, emmenée par le cheval sur la route glacée. Elle disparut dans le virage qui obliquait vers le village, en direction du cimetière.

J'ai toujours peur des cercueils, maintenant plus que jamais. Seul un mur séparait mon lit de ces boîtes, et je savais que juste de l'autre côté du mur un cercueil était disposé parallèlement à la haute malle sur laquelle je couchais. Mon petit frère dormait sur un canapé bas, à l'autre extrémité de la pièce.

Quand parfois, le soir, maman était absente, je m'enfonçais complètement sous les couvertures, si profondément que je pouvais me retrouver à la hauteur des pieds du lit. Je frissonnais de peur et j'attendais maman. Comme j'étais joyeuse quand j'entendais ses pas dans l'entrée ! Après quoi je m'endormais paisiblement.

Mon frère était petit : il ignorait encore la peur. Il avait souvent dégringolé en boule l'escalier raide du grenier, mais cela ne l'empêchait pas de reprendre sans cesse son ascension. Il grimpait aussi sur les tas de bûches. Et puis, il se mettait n'importe quoi dans la bouche. Il avala ainsi une pièce d'un mark, sans pour autant en être incommodé. Plus tard, le mark tomba en tintant dans le pot de chambre. J'étais contente que maman ait retrouvé son argent

Un jour, on vint choisir un grand cercueil noir pour un homme qui avait été trouvé mort derrière le dancing. J'entendis la conversation de maman avec les clients. J'étais dans la cuisine et la porte du magasin était grande ouverte pour que la chaleur y passât un peu. L'homme avait, paraît-il, été poignardé. Mon cœur battait si fort que cela m'empêcha presque de suivre le dialogue. Je savais bien ce qu'était un couteau : c'était ce avec quoi maman épluchait les pommes de terre. J'écoutais attentivement : l'assassin n'avait pas encore été trouvé. Dans mon délire, je ne cessais de voir un cercueil noir.

Une nuit, je tombai de la malle qui me servait de lit. Je me cassai une clavicule. Tôt le matin, maman m'emmena chez le médecin du village, qui recouvrit mon corps d'emplâtre en bande. On aurait dit le papier collant qu'on appliquait en hiver aux fenêtres pour isoler du froid. Un peu plus tard, nous retournâmes chez le médecin. Les bandes me furent retirées. Cela faisait mal. Des morceaux restaient accrochés à ma peau, mais maman fit chauffer le sauna dans la soirée et ils se détachèrent sur les claies, dans la vapeur de l'étuve, quand elle me lava méticuleusement. Maman était l'être le plus gentil du monde... ma maman à moi. Je l'admirais et refusais de la quitter, même un instant. Quand elle capitonnait les cercueils, il lui restait des chutes de tissu avec lesquelles je jouais à ses côtés.

Une fois, elle m'offrit une vraie poupée. C'était une poupée de son. Mon frère l'aimait presque autant que moi. Cela me posa des problèmes, car il jouait par trop vigoureusement avec elle. J'en vins à la cacher. Je la mis sous le lit de maman, derrière l'armoire, je la dissimulais sous un cercueil du magasin ou au grenier. Mais mon frère la retrouvait toujours et sa tendresse n'avait alors pas de borne. Il l'étouffait littéralement dans une étreinte mortelle. Je n'aimais pas cela. Je craignais que la poupée souffrît entre les mains de mon frère. Je lui trouvai enfin une cachette sûre. Dans notre petit jardin, il y avait un fossé asséché, qui n'avait peut-être même jamais eu d'eau. Une large planche l'enjambait. C'est sous celle-ci que je plaçai la poupée, soigneusement emballée dans un vieux journal. Mon frère n'a jamais trouvé la cachette. Ainsi, ma poupée put échapper à ses rudes caresses quand je la quittais des yeux.

La maison possédait aussi un petit grenier, mais son plancher était si fragile que maman craignait qu'il ne s'effondrât. Il y avait là beaucoup de cartons vides avec lesquels nous allions parfois jouer en cachette, quand maman ne nous surveillait pas.

Mon frère était mon meilleur, et mon seul, compagnon de jeu. Par une chaude journée d'été, nous étions tous deux assis dans la cour à faire des cornets en papier journal. Nous les remplissions de sable et de gravier, une couleur par cornet. Nous jouions aux marchands.

Le magasin était dans le vestibule du sauna. Mon frère venait y proposer à la vente les cornets de sable et de gravier. C'était lui le commerçant. Les derniers cornets étaient remplis de terre que nous avions obtenue en creusant le fossé avec des cuillers.

Tout était presque prêt quand notre jeu fut interrompu. Un beau monsieur pénétra dans la cour. Nous n'avions pas remarqué la voiture qui s'était arrêtée à la hauteur de notre maison.

A ma grande surprise, cet homme s'approcha de moi et me serra dans ses bras. C'était intimidant. Il dit : « Sirkku, tu ne me reconnais pas ? Je suis ton père. »

Puis il prit mon frère et caressa ses cheveux bruns. Il me fallut longtemps avant de comprendre vraiment qu'il était mon père. Je le regardais attentivement. Son aspect ne me disait rien, mais je commençai à reconnaître sa voix et son rire. Ils ramenaient à ma mémoire une époque révolue.

Nous vivions alors tous ensemble. Mes parents possédaient un commerce de cercueils et un magasin de fleurs dans une grande maison blanche en briques. Papa s'occupait des cercueils et maman des fleurs. Je me rappelle seulement que papa me prenait chaque matin dans son lit. Il était allongé sur le dos et j'étais assise sur son ventre. Maman riait quand papa faisait balancer le lit :

Va-t'en à l'église
Au banc de mémé Tapi
Avec le cheval brun
Avec le poulain gris

Je n'avais pas d'autre souvenir de mon père.

Il était maintenant en chair et en os devant moi. Nous étions troublés, mon frère et moi. Lui, ne connaissait pas du tout papa, il était trop petit lorsque nous vivions ensemble.

Je courus chercher maman. Je voulais lui annoncer l'arrivée de papa. Je cherchai, cherchai, je courus partout, même au grenier, mais je ne la trouvai pas. Où était passée maman ?

Je revins dans la cour. Entre-temps, papa était allé chercher dans la voiture un énorme paquet. Il contenait une trottinette pour chacun de nous. De vraies trottinettes... Elles étaient d'un beau vert et équipées de grosses roues en caoutchouc et de sonnettes. Papa nous apprit à les conduire. D'une main il me tenait et de l'autre il guidait la trottinette. Je fis ainsi, toute heureuse, le tour de la cour en actionnant la sonnette. Mais mon pied droit restait presque toujours par terre ; autrement, je serais tombée.

Finalement, mon père dut partir, mais il promit de revenir bientôt. Aussitôt après, maman reparut. Je lui parlai de papa et nous lui montrâmes les trottinettes. Elle resta silencieuse.

Par la suite, notre plus grande joie fut de conduire les trottinettes dans la cour. Dans notre enthousiasme, parfois, nous entrions en collision avec des clients. C'était affreux.

Maman eut sans doute des problèmes à cause de nous. Un jour, elle dit qu'il était possible que j'aille habiter chez de gentilles personnes. Mon petit frère resterait à la maison. Je n'ai pas compris ce qu'elle voulait dire. Je me sentais si bien à la maison. Maman était un trésor et mon frère un compagnon de jeu irremplaçable. Je n'en croyais pas mes oreilles. Peut-être est-ce que je comprenais mal ? Non, je découvris, épouvantée, que tout cela était bien vrai. Maman rapporta du grenier une petite valise et se mit à y ranger mes quelques affaires.

Nous partîmes l'après-midi. Mon frère fut confié à la garde de la dame du salon de coiffure. Maman portait ma valise et je courais presque à ses côtés, tant elle marchait vite. Maintenant, je commençais à comprendre. Maman me chassait. Mais pourquoi ? Peut-être je n'avais pas été suffisamment gentille avec elle ? Peut-être je la gênais dans son travail, toujours sur ses talons ? Pourquoi souhaitait-elle garder seulement mon frère ?

Ma tête débordait de questions, mais je ne trouvais aucune réponse. Nous marchions sur la grand-route. Parfois nous nous arrêtions quand une voiture passait trop vite à notre hauteur. Une auto souleva un nuage de poussière qui nous aveugla. A une bifurcation, nous quittâmes la route. Nous étions maintenant sur une voie secondaire. Elle était bordée de beaux bouleaux. Il n'y avait pas de poussière comme sur la route nationale. Il n'y avait pas non plus de voiture, ce n'était qu'un chemin forestier. Je souhaitais que le trajet dure longtemps, longtemps. Maman était à côté de moi et me tenait par la main.

Bientôt, pourtant, nous nous arrêtâmes devant une modeste maison. C'était celle du ramoneur et de sa femme. Ils nous attendaient sur les marches du seuil et semblaient bienveillants. Nous les saluâmes et nous pénétrâmes dans la maison. Maman donna la valise à la dame. Alors, je me sentis très mal. Epouvantée, je m'accrochai aux pans de la jupe de maman. Elle restait calme, comme toujours, puis elle se libéra de mes mains et me demanda d'être gentille et d'aller cueillir des fraises dans le jardin avec la dame.

Bien sûr, maman me ramènerait quand même à la maison. En tout cas, je voulais lui obéir toujours. La dame me donna un petit panier et nous partîmes dans le jardin. Il était très grand, plein d'arbres et de belles fleurs. Il y avait beaucoup de fraises. Nous commençâmes à cueillir, mais soudain une terrible pensée me vint à l'esprit : et si maman partait entre-temps ? Ce n'était pas possible, nous ne nous étions même pas dit au revoir. Elle m'attendait sûrement dans la maison. La dame me parlait, souriait amicalement, mais je n'entendais pas ce qu'elle disait. Je cueillais des fraises aussi vite que possible. Je ne prenais que les plus grosses. Ainsi, mon panier se remplit plus vite. Puis, je courus vers la maison.

La dame m'emboîta le pas. Mes craintes se vérifièrent. Maman n'était pas là. Elle était partie. Je tombai à genoux et éclatai en sanglots. Le panier m'échappa des mains et les fraises roulèrent sur le plancher. Un affreux sentiment de vide. Pour la première fois de ma vie, j'étais sans ma mère, sans ma maison et sans mon petit frère. Mais je ne pouvais vivre sans eux. Je vais sûrement mourir et on me mettra dans un petit cercueil.

Le ramoneur et sa femme paraissaient embarrassés et piteux Je refusais de faire quoi que ce soit, parler ou jouer. Je pleurais sans cesse. Ils essayèrent de m'emmener faire quelques pas dans le jardin. Je vis beaucoup de fleurs, je n'eus envie d'en cueillir aucune. La dame me mit dans la main un pois de senteur et me demanda de le sentir J'obéis pour lui faire plaisir, mais ne sentis pas le parfum, pas plus que je ne distinguai la couleur à travers mes larmes. Je ne pensais qu'à maman. Comment la rejoindre ? Je ne pouvais m'enfuir en courant, m'évader, puisque le ramoneur et sa femme me tenaient chacun par la main. Nous nous assîmes sur la balançoire du jardin. Nous restions silencieux. La dame séchait de temps en temps mes larmes avec un mouchoir. Je ne faisais que sangloter et regarder fixement devant moi. Le ramoneur poussa un peu la balançoire. Mais j'étais loin, au bord d'une route, chez maman.

Je ne touchai pas aux aliments qui me furent servis. Je restais immobile, sans rien dire. La table était couverte d'une nappe de papier blanc et d'un vase rempli de pois de senteur. Pour la nuit, je fus conduite dans la chambre du premier étage. Le ramoneur et sa femme me dirent bonne nuit et j'entendis qu'on refermait la porte à clé de l'extérieur.

La chambre était aménagée pour un enfant. Rien n'était usagé, tout était neuf. Je ne m'étais donc pas trompée : le ramoneur souhaitait m'adopter. Tout avait été arrangé avec maman. Je frappai à la porte et criai « Maman ! » Personne ne vint. Je continuai à tambouriner de toutes mes forces. Mes mains me faisaient mal, mais je n'arrêtais pas, je frappais aussi longtemps que je le pouvais Personne ne répondit. J'entendis la radio à l'étage inférieur. Enfin, épuisée, je me laissai couler dans le lit. Tout était désespéré. Maman m'avait abandonnée. Etait-ce possible ? Ou bien viendrait-elle me rechercher le lendemain ? Elle était sûrement triste sans moi. Elle mourrait sans moi. Peut-être avais-je été indocile ? Je me promis d'être désormais plus sage.

Au matin, la dame vint m'éveiller. Je pensais rêver lorsque je l'entendis dire que j'allais retourner auprès de maman. Je ne l'ai pas crue avant qu'elle ne commence à ranger mes vêtements dans la valise. J'étais très heureuse. En attendant le départ, je m'assis sur la balançoire du jardin. Tout me semblait alors différent. Les fleurs du jardin étaient si belles. Je les admirais et sentais leur parfum depuis la balançoire, surtout celui des pois de senteur, qui étaient pourtant à plusieurs mètres de là.

Puis nous partîmes. Nous empruntâmes le même chemin bordé de bouleaux que la veille. La dame me donnait la main et le ramoneur portait ma valise. Enfin, nous arrivâmes sur la grand-route. La veille, avec maman, le trajet m'avait paru court. Aujourd'hui, il me semblait interminable. J'étais pressée, je marchais aussi vite que possible. Sur la fin, j'avais envie de courir, mais je n'ai pas osé.

Je n'oublierai jamais la joie éprouvée à l'approche de la maison, mais je n'oublierai pas non plus la surprise de maman quand, ayant ouvert la porte, elle me découvrit sur les marches avec ma valise. J'aurais voulu sauter dans ses bras et la serrer avec autant de flamme que mon frère étreignait la poupée, mais maman ne s'est pas approchée de moi.

Le ramoneur dit que j'étais trop malheureuse sans elle. Après, lui et sa femme parlèrent encore, puis ils s'en allèrent. Alors, maman me prit dans ses bras. De nouveau je me sentais bien. Elle me dit qu'elle avait été triste sans moi et qu'elle avait eu l'intention de venir me rechercher chez le ramoneur dès la veille au soir. J'en étais certaine. J'étais revenue parmi les cercueils, mais cela n'avait plus d'importance : j'étais auprès de maman, c'était le principal. Quand, ayant joué avec mon frère dans la cour, nous rentrions dans la maison en passant par le magasin, je ne remarquais même plus la présence des cercueils ; ils me faisaient l'effet d'être des meubles. Le soir, de mon lit, j'observais maman tandis qu'elle rangeait la vaisselle. Je la regardais longtemps en cachette Elle était si belle. J'étais de nouveau chez nous.

Nous quittâmes le petit village, un hiver, pour une autre contrée.

Nous habitions maintenant dans un bourg coupé en deux par une grande rivière. Elle était franchie par un large et beau pont. Nous étions installés sur la grand-rue, que bordaient beaucoup de commerces, ainsi qu'un petit parc. La gare n'était pas loin de chez nous. Mais l'église était hors de vue, car elle se trouvait loin du centre. Au village, je m'étais habituée à voir l'église tous les jours sur la haute colline proche.

Les cercueils nous avaient suivis. Maman avait de nouveau un magasin et continuait son négoce. Comme auparavant, nous logions dans l'arrière-boutique, où nous disposions d'une chambre et d'une cuisine. Il n'y avait plus de sauna.

La cuisine était petite et dépourvue de fenêtre. La chambre aussi était sombre. Pour le chauffage, il y avait deux poêles en faïence. Maman se donnait beaucoup de mal pour les remplir de bûches. Le magasin, lui ne contenait pas de poêle. En outre, il était plus grand que le précédent. Quand il gelait fort dehors ou qu'il ventait, le magasin était incroyablement froid. En général, on voyait peu de passants dans la rue. C'était peut-être à cause du froid. Souvent, nous entendions le hurlement prodigieux d'une sirène, parfois même au milieu de la nuit. Nous passions alors nos manteaux et nous courions dans la cave du voisin. Maman m'apprit qu'une guerre avait éclaté entre la Finlande et la Russie et que la sirène signalait aux gens l'approche de bombardiers. Ils faisaient un bruit effrayant dans le ciel au-dessus de nous.

Une fois, la sirène se mit à résonner alors que nous étions avec maman dans une rue enneigée. Maman sortit de son sac un grand drap blanc et nous en recouvrit. Nous étions comme cachés par la neige. Je comprenais maintenant pourquoi, quand nous sortions, maman prenait toujours ce drap avec elle. Nous étions accroupis. Nous ne bougions pas. Il faisait très froid. Les avions passèrent audessus de nous en grondant. De là-haut, il était impossible de nous remarquer.

Puis la sirène se tut et nous n'entendîmes plus le bourdonnement des avions. Nous reprîmes notre marche vers la maison, mais, alors que nous étions à la hauteur d'un terrain de sport, la sirène retentit de nouveau. Cette fois, nous courûmes vite jusqu'à un abri. C'était une grande caverne, noire et effrayante, creusée dans le roc. Il y avait beaucoup de monde, trop de monde. J'étais petite et on n'arrêtait pas de me marcher sur les pieds. Il flottait dans cet endroit une odeur affreuse. Je pensai que c'était une espèce de réserve à pommes de terre et que l'odeur provenait de tubercules pourris. L'alerte prit fin et nous sortîmes. C'était une joie de voir la neige blanche, la neige propre, après l'abri, mais j'avais terriblement froid aux orteils.

Un jour, maman m'inquiéta en me disant que papa avait dû partir pour le front. Pourvu qu'il n'y meure pas ! J'étais terrorisée par cette pensée. J'avais si peur pour mon père.

A la même époque, la sœur de maman séjourna quelque temps chez nous. Notre tante était gentille. Elle aidait de son mieux maman, qui avait vraiment beaucoup de travail, bien trop. C'était la guerre, et la guerre faisait beaucoup de morts.

Un soir, maman était avec sa sœur dans la cuisine. Elles me croyaient endormie, mais j'étais réveillée. Je ne dormais pas bien, je craignais pour papa. Je pensais avec effroi qu'un jour on viendrait du front chercher un cercueil pour lui. Je mordais le bord de mon drap. J'entendis ce que maman et sa sœur se disaient dans la cuisine. Je compris que la vie de maman était devenue pénible. A cause de son travail, il lui était de plus en plus difficile de s'occuper de ses enfants. Il y avait trop de cercueils.

Elles parlaient d'orphelinat : « Les enfants y seraient bien. Ils y seraient au chaud et au propre. » Elles étaient toutes deux du même avis. Je me rendis compte que l'orphelinat était une sorte de maison où les enfants vivaient sans leurs parents. J'avais tout entendu, mais sans avoir vraiment compris. J'avais une mère et mon père reviendrait bientôt de la guerre. Pourquoi irais-je à l'orphelinat ? Je ressassai, cette nuit-là, ces pensées dans mon lit.

Le matin et la journée suivante semblèrent se dérouler normalement. Peut-être avais-je seulement fait un cauchemar ? Je le pensai jusqu'au moment où maman alla chercher la valise. J'observai attentivement ses gestes pour voir ce qu'elle allait y mettre et je constatai avec inquiétude qu'elle sortait de l'armoire mes vêtements et ceux de mon frère, mais pas les siens. Je me mis à haïr la valise. Chaque fois, elle annonçait quelque chose de triste. Et cette fois elle contenait aussi les vêtements de mon frère.

Ce n'était donc pas un cauchemar, c'était bien vrai. Quand la valise fut fermée, on nous passa nos manteaux et nous partîmes, maman, ma tante, mon frère et moi. Nous quittâmes le bourg à bord d'un vieux taxi. Il franchit lentement le pont. Puis nous dépassâmes l'abri où nous avions trouvé refuge et qui sentait si mauvais. Nous longeâmes le terrain de sport. Après, la route était toute droite. Puis il y eut un tournant. Maintenant, je ne savais plus que penser. Je me doutais que, cette fois, je ne reviendrais pas à la maison le lendemain. Je décidai de résister, de me défendre, de faire tout mon possible jusqu'au bout. Je ne voulais pas aller à l'orphelinat, je ne voulais pas être séparée de maman. Je souhaitais que le trajet ne prenne jamais fin. Je sanglotais en silence dans le taxi. Mon frère était muet : il ne comprenait pas ce qui se passait.

Bientôt, la voiture gravit une côte raide. Comme toute la route, la montée était couverte de neige, mais elle était, en plus, tellement gelée que les roues se mirent à patiner. Du fond du cœur, je souhaitai que nous n'arrivions pas à destination. Le chauffeur laissa le taxi glisser en marche arrière jusqu'au bas de la côte, puis entreprit de nouveau de la gravir à grande vitesse. Nous étions presque au sommet quand les roues se remirent à patiner. Le chauffeur prit alors une étoffe sous le siège de la voiture et la glissa sous les roues. Finalement, nous franchîmes ainsi la montée. Le taxi s'arrêta devant une grande maison au crépi blanc.

Etait-ce l'orphelinat ? La nuit tombait, toutes les fenêtres étaient éclairées. La voiture était arrêtée, mais je refusais de bouger. Je n'obéis pas aux injonctions de maman. Je restai sur le siège, à pleurer. Ma tante et maman eurent du mal à me sortir de la voiture. Elles avaient demandé au chauffeur de m'extraire, mais il avait refusé. Finalement, quand je me retrouvai dehors, je me jetai par terre, me cramponnant à la neige. Elles me remirent debout. Maman gravit rapidement les marches et tira la sonnette.

Je me jetai de nouveau sur le sol. La neige était froide, j'étais sans moufles. Je battis des pieds autant que je le pus. Dans mon désespoir, je criais « Maman ! ».

La porte de la maison fut ouverte par une nurse. Elle vint à la rescousse et je fus traînée de force à l'intérieur. Essoufflée, je m'agrippai au manteau de maman, à ses manches. Je ne voulais pas me séparer d'elle. Mais j'y fus contrainte. Je n'avais plus la force de lutter. J'étais trop faible contre tous ces adultes. Une femme prit notre valise et la confia à une autre. Maman suivit celle-ci. Dans l'entrebâillement de la porte, je vis maman s'asseoir et cacher son visage dans ses mains. Je souhaitais qu'elle pleure, qu'elle soit malheureuse, et qu'elle nous remmène avec elle.

Mon frère et moi, nous suivîmes une autre femme, qui nous guida vers une pièce voisine. On nous y déshabilla, on nous fit prendre un bain et on nous passa des vêtements de nuit. Nous étions debout sur des chaises : c'était plus facile pour nous vêtir. Ensuite, on nous conduisit dans une grande salle. Il y avait là plusieurs enfants, assis à des tables, qui lisaient des livres et des illustrés. Ils nous observèrent en silence.

La femme avec qui maman avait parlé arriva. Mais elle était seule. Maman était-elle partie avec ma tante pendant qu'on nous faisait prendre un bain ? Mon frère lui-même remarqua pour la première fois l'absence de maman. Il se mit à pleurer. On nous emmena au rez-de-chaussée, dans un grand réfectoire. On nous servit des sandwiches et du lait, mais nous n'y touchâmes pas. A table, nous restions silencieux. Maman occupait mes pensées.

Ensuite, on nous fit remonter au premier étage. Mon frère fut emmené ailleurs, je ne sais où. Moi je fus conduite à l'étage supérieur, dans une petite chambre dont on ferma la porte à clé de l'extérieur. Maman avait sans doute raconté comme j'avais tambouriné sur la porte du ramoneur. A l'exception de mon lit et d'un plafonnier, très haut, la chambre était vide. J'étais malheureuse, je m'assis sur le bord du lit.

Comment partir de cette maison ? Comment rejoindre maman ? La porte était fermée à clé. J'étais au deuxième étage et, même si je parvenais à sortir par la fenêtre, je n'avais sur moi qu'un pyjama. Il faisait froid et il y avait beaucoup de neige. Je ne retrouverais jamais ma maison. Le centre du bourg était loin. Je n'avais que cinq ans et j'étais déjà seule au monde. Je m'ennuyais de maman. La peur m'envahit. Je me mis au lit et remontai le drap au-dessus de ma bouche. Il était différent du drap de maman, il n'avait pas le même goût. Il était en papier. Je m'assoupit en pleurant. Maman, maman, pourquoi m'as-tu abandonnée ici ? Je ne comprends pas.

Au matin, je fus réveillée par un cliquetis de clés. La femme de la veille au soir entra dans la chambre et vint s'asseoir sur le bord du lit. Elle prit ma main dans la sienne et dit : « Bonjour, je suis tante Hanna. Ne pleure pas, ta maman viendra vous voir bientôt. En attendant, vous allez partir d'ici pour quelque temps, mais vous reviendrez ensuite. »

Elle m'examinait. Je me dressai sur mon lit et l'examinait de mon côté. Elle semblait gentille, elle avait des cheveux gris. Mais je ne comprenais pas ce qu'elle voulait dire.

Nous ne dormîmes qu'une nuit à l'orphelinat. Nous étions en si mauvaise condition physique que nous fûmes envoyés à l'hôpital le matin suivant. Nous montâmes dans un autocar, qui nous emporta loin de la campagne. Une nouvelle peur monta en moi : si, pendant ce temps, maman venait nous voir, elle ne nous trouverait pas et en éprouverait du chagrin.

Le trajet dura longtemps. Nous arrivâmes dans une vaste maison située dans un bel endroit. On nous dit que nous n'étions pas en bonne santé. Nous avions une vilaine éruption. Les gens était bienveillants, mais je m'ennuyais de maman et n'arrêtais pas de pleurer.

L'une des femmes, me prenant dans ses bras, m'amena près de la fenêtre. Je vis un grand parc enneigé. Les branches des arbres se courbaient sous le poids de la neige. Dans un arbre, il y avait des rouges-gorges et, sur le rebord de la fenêtre, un petit perchoir parsemé de graines. Les oiseaux voletaient autour pour venir les manger, tandis que d'autres en retiraient quelque chose de blanc. Le jardin était si propre.

J'arrêtai de pleurer. J'oubliai mon chagrin jusqu'à ce que je découvre là-bas, dans le jardin, une balançoire. Elle était semblable à celle du ramoneur. Semblable à celle sur laquelle j'étais assise en attendant, malheureuse, le retour de maman. Je me souvins des fleurs du jardin et du parfum des pois de senteur juste avant le départ, au moment où le ramoneur était venu me chercher sur la balançoire pour me ramener chez maman. J'étais alors tellement heureuse. Je me sentis très mal. Je demandai à la femme de me lâcher et de me déposer par terre.

Après nous avoir fait prendre un bain, on nous recouvrit la peau d'une pommade. On nous passa un peigne fin dans les cheveux qu'on enduisit d'une crème épaisse et noire, à l'odeur forte. Ensuite, on nous enveloppa la tête dans des serviettes. J'entendis dire : « Ils ont des poux. »

On nous vêtit de grandes chemises blanches

qui tombaient jusqu'à terre. Le soir, on nous servit du lait chaud et des sandwiches. Comme nous étions frère et sœur, on nous laissa dormir dans la même chambre. J'en étais heureuse : la nuit précédente avait été trop pénible, sans maman ni mon petit frère. Notre chambre était meublée de beaux lits blancs en bois et à hauts bords. Nos mains furent attachées aux montants avec des lanières. C'était affreux, j'avais le corps parcouru de fourmillements et la tête me démangeait sans arrêt. Maman me manquait. Mains liées, je ne pouvais même pas essuyer mes larmes.

Une nuit, je fis un rêve étrange. Mon frère se tenait près de mon lit. Je m'éveillai en constatant que je me passais la main droite dans les cheveux. Je ne rêvais pas, c'était vrai. Mon frère était bien à côté du lit. Il était parvenu à dénouer ses liens avec ses dents. Maintenant, il venait m'aider. Ma main droite était déjà libre et il était occupé à défaire les nœuds des lanières de ma main gauche. Je ne pouvais pas croire que mon petit frère y parviendrait. Silencieusement, nous nous assîmes par terre, dans le noir. Je me grattai les bras, le ventre, les jambes, tout le corps et la tête, autant que je le pus. Mon frère faisait la même chose. Il se frottait le dos contre le bord du lit. Quel soulagement ! Comme on se sentait bien, maintenant ! Nous regagnâmes nos lits pour dormir.

Le lendemain, tout le personnel et tous les malades de l'hôpital pour enfants étaient au courant. Nous ne fûmes pas punis, pas même réprimandés, mais l'infirmière nous observa attentivement toute la journée : on nous surveillait. On nous mit aux mains des sortes de mitaines. Le soir, on nous attacha les poignets avec des lanières doubles. Il n'était plus question de les dénouer avec les dents comme mon frère l'avait fait la nuit précédente : ces lanières-là avaient été tressées et étaient rattachées par plusieurs nœuds aux montants du lit. Avant de dormir, on nous donna un médicament qui ressemblait à de la mélasse. Le sommeil vint de lui-même.

Deux mois plus tard, nous quittâmes l'hôpital pour l'orphelinat. La route était verglacée et, de ce fait, l'autocar roulait lentement. J'eus le temps de réfléchir à beaucoup de choses avant d'arriver à destination. Je souhaitais que maman ne soit pas venue pour rien dans l'intervalle. Elle aurait été trop déçue. Qu'allait-il se passer maintenant ? Je pensai à la douce tante Hanna. Elle avait bien dit : « Ne pleure pas, ta maman viendra bientôt vous voir. »

L'autocar s'arrêta au bas de la côte qui conduisait à l'orphelinat. Nous fîmes le reste du trajet à pied. Nous n'avions rien à porter. Le chemin n'était pas bien long, mais la pente était très raide. Je me rappelai le voyage en taxi avec maman et la toile que le chauffeur avait dû mettre sous les roues pour que la voiture puisse avancer. Mon frère et moi, nous dûmes presque gravir la côte à quatre pattes. La route était bordée par de hautes congères. La neige était d'un noir sale. Nous n'osâmes pas progresser sur les accotements : il y avait peut-être de l'eau sous la neige. Il valait mieux rester au milieu de la route.

Encore quelques pas jusqu'à la cour de l'orphelinat. Je me dirigeai vers la sonnette. Elle était haute, mais je me dressai sur les orteils et parvins tout juste à en presser le bouton du bout des doigts. Tante Hanna nous accueillit en souriant. Elle avait l'air si gentille que ma peur s'évanouit. Elle voulut nous conduire aussitôt à notre nouveau logis : notre « chez-nous provisoire », comme elle disait. Nous n'y resterions que quelque temps, car maman viendrait bientôt nous chercher.

Nous visitâmes la porcherie, la resserre à bois, la cave, la boulangerie, le sauna, la buanderie et le grenier. Finalement, nous sommes restés à nous amuser dans la salle de jeux, où il y avait beaucoup de jouets en bois. Avec des rondins, nous construisîmes des maisons et des porcheries où nous installions des petits cochons en bois.

Nous étions ravis. Je ne me rappelais pas avoir joué depuis l'époque où je m'amusais avec mon frère dans la cour du magasin de cercueils, au village que nous habitions avec maman. Là où nous conduisions les trottinettes apportées par papa. Bien des événements étaient passés depuis : le ramoneur et sa femme, le déménagement, la guerre, l'orphelinat, l'hôpital, et de nouveau l'orphelinat.

On nous fit prendre un bain. Puis nous dînâmes avec les autres enfants, au réfectoire : pain sucré et lait étendu d'eau. Nous allâmes au lit. M'ennuyant de nouveau de maman, je me mis à pleurer. Tante Hanna vint me voir dans ma chambre. Elle comprenait mon chagrin et chercha à me consoler. Elle souhaita m'apprendre une prière du soir.

Elle me fit joindre les mains et dit doucement :

> Seigneur, quand je m'étends pour le repos,
> Sois-moi miséricordieux ; protège-moi.
> Si je ne me relevais pas de cette couche,
> Prends-moi au Ciel auprès de Toi.

Après cela, tante Hanna me couvrit avec soin et me caressa la main avant de partir.

Nous étions seize enfants dans la maison. Mais, pour mon frère et moi, ce n'était que provisoire, car maman viendrait bientôt nous chercher. Presque tous les enfants étaient de véritables orphelins, mais certains avaient encore leur père, d'autres leur mère. Les heures de visite n'étaient guère animées, c'est à peine si des gens venaient. Deux mois avaient passé depuis la dernière fois où j'avais vu maman, mais ces mois avaient été longs, presque interminables.

Un matin, tante Hanna annonça que maman viendrait dans la journée. Quelle attente jusqu'à l'heure de la visite ! Je me rappelle avec quelle violence mon cœur battait à l'arrivée de maman. Je la regardai avec admiration. Elle portait une fourrure brune et un bonnet assorti. Elle avait au cou un foulard de soie beige à pois blancs. Nous étions assis avec elle au parloir autour d'une grande table. Aucun autre enfant n'avait de visite ce jour-là. Maman nous prit tour à tour dans ses bras. Elle sentait le parfum ou quelque savon de luxe. Nous fûmes tous trois très heureux jusqu'à ce qu'une nurse vienne annoncer : « La visite est terminée. »

Je me mis à sangloter et à agripper le bras de maman. Elle se dégagea et dit qu'elle reviendrait bientôt ; elle habitait le bourg, et ce n'était pas loin.

Quand la porte se referma sur maman, nous courûmes à la fenêtre. Mon chagrin n'eut pas de bornes quand je la vis descendre la pente abrupte et disparaître. Je m'assis tristement sur une chaise. Je me cachai le visage dans les mains et pleurai amèrement. J'allai me coucher bien avant le dîner. Je me mis à rêver et à attendre une nouvelle visite de maman. Tante Hanna vint dans ma chambre. J'avais éteint la lumière. Elle la ralluma. Elle était venue me rappeler que je devais faire ma prière du soir. Elle me dit bonne nuit et me pressa la main.

Par la suite, maman téléphona plusieurs fois pour s'enquérir de notre santé.

Pendant des semaines, en l'attendant, j'observais en cachette les autres enfants. Ils semblaient gentils, mais parlaient peu entre eux. Un jour, une fille, Hilkka, s'approcha de moi. Elle me dit que sa mère avait une aussi belle fourrure que maman, mais qu'elle n'avait pas le même bonnet. La mère de Hilkka travaillait dans un grand restaurant. C'est du moins ce qu'elle me dit. Hilkka avait de beaux yeux bruns et un large intervalle entre deux dents du devant, presque aussi large qu'une dent.

Puis maman revint nous voir. Dans l'attente de l'heure de la visite, je restai tout le temps à la guetter à la fenêtre. Je plaçai une chaise devant et m'y assis. J'éprouvai une joie immense en voyant maman monter la côte. Je courus à l'étage inférieur prévenir mon frère. Nous attendîmes tous deux dans le hall d'entrée. La sonnette retentit et maman entra en souriant. Elle portait un gros paquet. Il contenait de beaux vêtements pour nous. Mon frère reçut un costume de velours et moi une robe bleue qui tombait presque jusqu'à terre, ainsi que des chaussures noires vernies avec des étoiles sur le dessus. Nous essayâmes les habits. Ils étaient juste à notre taille, comme faits sur mesure. Je remerciai beaucoup maman. Plus que de vêtements, j'avais besoin de sa présence. Et maintenant, elle était près de nous. Je ne sais ce qu'elle pensait ; sans doute pas la même chose que moi, sans quoi elle serait venue plus souvent.

Comme je l'avais craint, les vêtements étaient bien trop beaux et nous ne pûmes jamais les porter. Ma robe disparut d'abord, puis je la retrouvai dans une armoire. Elle y resta. Il en fut de même des chaussures vernies. Je comprenais que les autres enfants auraient été attristés de nous voir porter ces beaux habits, parce qu'ils n'avaient pas les mêmes.

J'ouvrais souvent l'armoire pour contempler la robe et les chaussures, c'étaient des ornements de princesse de légende. Une grosse fleur, faite de la même soie bleue que la robe, était brodée sur le devant, à hauteur de la ceinture, qui était très haute. Cette ceinture était joliment plissée, par petites pinces, sous lesquelles il me semblait qu'était glissé un fin ruban de caoutchouc. Je passais souvent les chaussures à mes pieds. Elles étaient très, très belles. Les étoiles étaient blanches : jaunes, ç'aurait été les mêmes que celles que je contemplais dans le ciel, le soir. Elles scintillaient presque autant que les vraies. La pensée que maman les avait achetées pour moi me faisait grand plaisir. Même si elle nous avait placés dans un orphelinat, elle pensait sûrement à nous souvent. Moi, je ne l'oubliais pas un instant. Je me mis à demander : « Quand rejoindrons-nous maman ? »

Peu après, un enfant quitta l'orphelinat avec sa sœur. Leur mère s'était remariée et un nouveau foyer les attendait. La sœur me laissa toutes ses décalcomanies.

Je me souviens très vaguement qu'une fois nous allâmes chez maman, au bourg. Maman vint nous chercher en taxi. Nous ne restâmes qu'un moment à la maison. Puis maman ferma à clé la porte du magasin et nous dûmes partir. Au moment d'enfiler mon manteau, je m'aperçus que mon cache-nez avait disparu. Nous le cherchâmes partout, en vain. Maman alla prendre dans l'armoire sa propre écharpe et la noua autour de mon cou. Sur le chemin du retour, je pensai au cache-nez. Je n'osai pas dire à maman qu'il n'était pas à moi. C'était une fille, Terttu, qui me l'avait prêté. Terttu était la plus âgée des enfants de l'orphelinat, elle s'occupait des petits. Qu'allait-elle dire ? J'avais perdu son écharpe. Quand nous arrivâmes à l'orphelinat, je me risquai enfin à parler à maman. Elle dit qu'elle donnait son écharpe à Terttu en remplacement de celle qui avait été égarée. Je me réjouis quand Terttu assura qu'elle n'en avait jamais vu de si belle. Elle était bleue, avec des points blancs, en soie véritable. Terttu la porta même les jours de grand froid, malgré l'avis de tante Hanna qui disait que la soie ne conservait pas suffisamment la chaleur.

Maman revint. J'en fus très contente, mais la séparation fut douloureuse. L'heure de la visite était passée trop vite. J'avais promis d'être courageuse et de ne pas pleurer, mais mes larmes coulèrent à flot, malgré mes efforts pour les retenir. Je vis que je faisais de la peine à maman. Au moment de la séparation, elle semblait songeuse et triste.

Au cours des semaines suivantes, maman vint encore quelques fois. Par la suite, ses visites se firent plus rares, mais je l'attendais pourtant sans cesse. Le soir, j'ajoutai à la prière : « Notre père qui êtes aux cieux, rendez-nous maman, je serais tellement heureuse de la revoir, tellement heureuse qu'elle me prenne dans ses bras. »

Derrière l'orphelinat, il y avait un petit bois. On l'appelait le bois de l'orphelinat, car l'entrée en était interdite aux étrangers, sauf pour le premier mai. On donnait alors sur la colline une grande fête à laquelle prenaient part tous les habitants du bourg. Les autres enfants disaient que c'était une très belle fête. Le reste du temps, le bois était agréable, il y avait beaucoup d'oiseaux et d'écureuils qui sautaient d'arbre en arbre, de branche en branche.

Un jour, nous jouâmes à cache-cache dans le bois. Tous les enfants qui savaient courir, filles et garçons. Il y avait encore beaucoup de neige, nous y laissions les traces de nos pas : cela livrait souvent notre cachette. La colline était couverte de hauts conifères, des pins et des sapins, derrière lesquels nous nous cachions. Plus bas, il ne poussait que des bouleaux, dont les troncs plus minces ne pouvaient nous offrir de cachette. Nous nous amusions beaucoup. Nous courions d'un arbre à l'autre aussi vite que possible. Mais la cloche annonçant l'heure du repas se mit à sonner, interrompant notre jeu. Il fallut ensuite aller rapidement se coucher : le moment le plus triste de la journée. Dès que je me retrouvais seule dans ma chambre, mon esprit était envahi par de sombres pensées. Le chagrin me gagnait et je souhaitais que le matin vienne vite.

Les visites de maman s'espacèrent. Mais je

l'attendais chaque jour. Bientôt, les visites cessèrent complètement.

C'était le premier printemps à l'orphelinat. Un autocar passait régulièrement au bas de la côte, comme autrefois dans le village que nous habitions avec maman. Ce jour-là, j'étais au bord de la route et j'attendais. J'attendais tous les jours. Des autos passaient sans cesse devant moi, des grosses et des petites. J'apercevais souvent le médecin du bourg dans une voiture noire. Il se rendait à l'hôpital, un peu plus loin.

Tous les jours, je voyais s'approcher l'autocar. Mon cœur palpitait d'espoir et de curiosité impatiente. Il s'agissait d'abord de savoir si l'autocar s'arrêterait, ensuite si maman était parmi les voyageurs. Souvent, il passait devant moi à grande vitesse, laissant derrière lui un large nuage de poussière : je me rappelais le village et la route où je marchais avec maman pour aller chez le ramoneur. De loin, j'entendais le bruit de l'autocar, de derrière le tournant de la colline. Parfois, il ralentissait, il s'arrêtait et une partie des voyageurs s'éloignait. Mais maman n'était pas parmi eux.

Jamais. Je rentrais déçue à l'orphelinat. La côte me paraissait infranchissable. Je traînais les pieds. Mes petites chaussures étaient si lourdes.

La neige avait déjà fondu, mais soudain le froid revint. La route gela de nouveau. L'autocar roulait si lentement que je ne savais jamais s'il s'arrêterait ou non. Je n'en étais sûre que lorsqu'il parvenait à ma hauteur. Parfois, il s'arrêtait, mais jamais maman n'était à son bord.

Je ne cessais de me rendre quotidiennement à l'angle des deux routes. Je savais qu'à l'automne je devrais aller à l'école et qu'alors je ne pourrais plus régulièrement venir me poster au croisement. En attendant, j'allais tous les jours à l'arrêt de l'autocar : sous la pluie, dans le froid, par les grandes chaleurs. J'attendais maman, qui ne vint jamais.

Un jour, une fille qui habitait près de l'orphelinat me raconta qu'elle voyait souvent ma mère lorsqu'elle passait avec ses parents devant le magasin de cercueils, au bourg. Elle me dit que maman était très belle et très élégante. Cela me faisait du mal, mais je pensais que maman avait sans doute tellement de travail qu'elle n'avait pas le temps de venir nous voir ici. Elle avait sûrement de bonnes raisons. En tout cas, j'étais certaine que maman ne nous avait pas oubliés.

Heureusement, tante Hanna était douce et tendre. Mais elle savait aussi être sévère quand il le fallait, surtout avec les grands garçons. Elle nous parlait souvent de Dieu, qui n'oublie jamais les pauvres ni les orphelins. Nous allions tous les dimanches matins à l'église voisine et l'après-midi à l'école du dimanche. De même que les autres enfants, je m'y rendais très volontiers. Le matin, avant le petit déjeuner, tante Hanna disait : « Seigneur, bénissez cette nourriture, demeurez toujours avec moi ! » Et nous répétions ensuite tous ensemble : « Seigneur, bénissez cette nourriture, demeurez toujours avec moi ! »

Lors de la distribution du gruau, elle faisait des parts égales pour tous et tous étaient rassasiés. Elle était merveilleuse. Il faisait bon être près d'elle. Je m'attachais beaucoup à elle mais maman — ma mère à moi — continuait de me manquer. Tante Hanna me consolait, elle me laissait toujours espérer. Je me sentais mieux après avoir parlé avec elle, mais j'attendais maman sans cesse.

J'avais atteint l'âge scolaire, mais je n'irais peut-être pas à l'école. Du moins pas encore, car je ne savais pas prononcer les lettres « s » et « r ». « Sirkku » devenait « Tilkku », chute de tissu. Tous en riaient. J'allais souvent dans le bois, sous un grand pin. Il était haut, très haut, c'était mon arbre. Il était beau, couvert de petites pommes de pin. Certaines racines dépassaient du sol, je m'asseyais entre deux d'entre elles et dans ma solitude je m'efforçais de répéter les lettres « s » et « r », mais sans succès. Tante Hanna commençait déjà à s'inquiéter quand, tout à coup se produisit un miracle : je parvins à prononcer correctement les lettres juste avant la rentrée des classes.

L'école communale était à un kilomètre de l'orphelinat. Entre les deux, il y avait la colline escarpée de l'église et un virage à la hauteur duquel se trouvait le cimetière. L'église elle-même se dressait derrière le cimetière, au sommet de la colline. Tout comme dans le petit village que nous habitions autrefois avec maman. L'église était un grand sanctuaire de pierre. Un peu plus bas se dressait un château d'eau. J'avais peur en passant devant le cimetière, mais pour lors je ne connaissais pas d'autre chemin pour aller à l'école. A l'orphelinat, les garçons parlaient de squelettes et de crânes qui hantaient le cimetière. Je croyais naturellement que c'était vrai. C'est pourquoi je courais presque chaque fois que je longeais le cimetière.

L'école était telle que je l'imaginais. Elle s'élevait au fond d'un beau jardin, sur une colline. Sa cour était bordée de vieux chênes. Les salles de classes étaient lumineuses et propres. Notre institutrice était chaleureuse. Elle m'apporta un grand soutien, car, aux yeux des autres écoliers, je n'étais qu'un enfant de l'orphelinat. J'en souffrais infiniment. J'étais silencieuse et, pendant les récréations, je restais toujours seule dans un coin.

Ce fut un événement quand papa m'adressa du front un colis. Il contenait une pièce de tissu rouge sombre. Papa écrivait que c'était son ancien parachute. On m'en fit une belle jupe et un blouson à manches longues. J'écrivis à papa pour le remercier et, sur la lettre, je dessinai des ciseaux. J'espérais vivement qu'il pourrait m'en acheter une paire de petits pour Noël. Comme toujours, mon frère ne demanda rien.

Un jour, une fille se rapprocha de moi. Je l'appellerai ici Ulla. Nous allions ensemble à l'école. Maintenant, j'avais une amie. J'oubliais tous mes soucis et mon chagrin.

Le père d'Ulla était boucher. Toute sa famille — elle, sa petite sœur et ses parents — habitait une même pièce, dans la maison qui abritait la boucherie. Ils étaient très pauvres, et pourtant, chaque fois que j'allais chez eux, j'avais droit à un gros sandwich. Le lit du bébé était suspendu au plafond par des chaînes métalliques, de même qu'une caisse qui servait de garde-manger. Je ne comprenais pas pourquoi, mais je n'osais pas poser de questions.

Un jour, Ulla vint à l'école le visage tout égratigné. Durant la nuit, des rats étaient venus dans son lit. Il y en avait beaucoup à la boucherie et, comme l'hiver était froid, ils s'insinuaient dans les appartements. Le bébé avait été épargné, puisque son lit était suspendu au plafond, mais Ulla... Je la plaignis énormément. Nous n'en parlâmes à personne. L'institutrice devina sûrement tout, mais elle était compréhensive et discrète. Ulla guérit vite. Sa famille obtint un nouveau logement. Heureusement, nous pûmes continuer d'aller à l'école ensemble et de partager de plus en plus de secrets.

L'orphelinat préparait Noël. La veille, nous prîmes un sauna et nous passâmes nos habits du dimanche pour la soirée. A cette occasion, je me vêtis pour la première fois de la jupe taillée dans le tissu de papa. Le sapin du réfectoire était haut, il touchait presque le plafond. Avec ses ornements, il nous impressionnait beaucoup. Dans les branches on voyait beaucoup de fils argentés, une guirlande de drapeaux finlandais en papier, des bougies et des bonbons. Ce n'étaient pas de véritables bonbons : tante Hanna nous révéla que les papiers ne contenaient que de petits bouts de bois. Le sapin était couronné par une grande étoile d'argent.

Ce Noël, je fus autorisée à allumer les bougies. Je montai sur une chaise, mais j'étais malgré tout trop petite pour atteindre les branches les plus élevées. Je grattai l'allumette et entrepris d'allumer les bougies en commençant par le bas. J'étais très tendue. Malencontreusement, la flamme d'une des bougies des branches inférieures fit un trou dans ma jupe. J'étais bouleversée : papa m'avait envoyé le tissu et il serait sûrement fâché.

Tante Hanna vint aussitôt à l'aide. Elle avait tout vu. Elle m'entraîna rapidement à l'étage supérieur et sortit de l'armoire ce qui restait de la toile de parachute. Elle en découpa un morceau, qu'elle cousit par-dessus le trou. Cela me faisait une poche. Tante Hanna était pour moi un être merveilleux, la bonté et la tendresse mêmes.

Nous revînmes au rez-de-chaussée. Personne n'avait remarqué notre absence. Quelqu'un d'autre avait fini d'allumer les bougies. En attendant le père Noël, les enfants jouaient et chantaient des cantiques. Je savais déjà que le père Noël n'était qu'une légende, mais les tout petits croyaient encore à son existence. Le rôle était tenu par un voisin. Il se vêtait de rouge et portait un masque à longue barbe blanche. Il connaissait les enfants de l'orphelinat comme les siens. Ainsi, il lui était aisé de distribuer des vérités : Pekka n'avait pas été assidu à l'école, tel autre avait tiré au lance-pierre des écureuils dans le bois.

Le pauvre Petteri chercha refuge sous un banc, tant il avait peur. Nous chantâmes au père Noël : « Père Noël, père Noël, barbe blanche, vieux bonhomme, le fardeau n'accable-t-il pas tes reins ? Viens donc ici où personne ne te craint. » Il écouta notre chanson. Puis il frappa le plancher de son bâton et l'on ouvrit le grand sac gris qu'il avait apporté. Chacun reçut quelque chose.

Ma joie fut grande, car je trouvai dans mon paquet précisément les petits ciseaux que je désirais tant et dont j'avais fait un dessin dans une lettre adressée à papa. Ils étaient très brillants et glissés dans un petit étui de cuir. Je reçus aussi un beau mouchoir. La lettre S était brodée sur l'un de ses coins. Tous les enfants étaient contents. Malgré son manque d'assiduité à l'école, Pekka eut un puzzle. Hilkka reçut un petit tableau serti dans un véritable cadre, doré. Il représentait un lièvre dans la neige. On voyait aussi un sapin et une barrière en bois. Le lièvre avait sauté par-dessus la barrière, car, de l'autre côté, il y avait les traces laissées par ses pattes. Je trouvais ce tableau extraordinairement beau. Nous l'admirâmes ensemble. C'était un cadeau de la grand-mère de Hilkka, qui avait le tableau chez elle. Hilkka me dit que sa grand-mère n'avait plus une bonne vue.

Le père Noël s'en alla et Petteri sortit de sous son banc. Tante Hanna lut dans la Bible l'évangile de Noël sur la naissance de Jésus. Nous chantâmes : « Nuit de Noël, nuit de Noël, plus de travail... »

Nous avions, mon frère et moi, reçu de temps en temps du courrier de papa, acheminé par la poste militaire. Il allait bien. Dieu avait entendu ma prière. Les lettres étaient toujours ornées d'un timbre spécial qui représentait un cor et où on lisait « Poste militaire ». Nous partagions ces timbres rares avec tous les autres enfants.

On nous annonça l'armistice. Notre vie changea alors du tout au tout et se chargea d'un nouveau contenu. Papa vint nous chercher et nous emmena chez ses parents en Carélie. Ce fut notre premier voyage en chemin de fer. Palpitant. Il semblait que les paysages défilaient devant nous à grande vitesse, mais je savais qu'en réalité c'était le train qui se déplaçait à toute allure le long des rails. J'essayai de compter les pylones sur le bord de la voix ferrée. J'étais presque arrivée à cent lorsque je m'endormis. Je m'éveillai en gare de Viipuri. Elle était splendide, avec son sol carrelé.

Un frère de papa nous attendait avec un cheval attelé à une voiture à capote. Je n'en avais vu de telles que dans les belles illustrations des livres. Nous montâmes dans la voiture et nous nous mîmes en route vers la maison de grand-mère. La voiture tressautait sur la grand-route, pleine de pierres et de trous. Nous trouvions cela amusant. Nous atteignîmes bientôt une petite route rurale, bordée de vieux arbres. Elle me rappela celle qui conduisait à la maison du ramoneur. Je sombrai dans mes pensées. Je songeai à maman.

La voiture s'arrêta en face d'une belle ferme. Parce qu'elle était la plus grande du village, celui-ci avait reçu le nom du propriétaire. C'était le village de Talja. C'est ce qu'on me dit. J'étais très fière. Nous n'avions jamais rien vu d'aussi magnifique mais, fatigués par le long voyage, nous allâmes nous coucher tôt.

Le lendemain matin, nous rencontrâmes nos grand-parents. Grand-mère était d'abord sévère, mais ce n'était qu'une apparence, car elle était calme et adorable. Elle avait un gros chignon gris. Tous ses cheveux, serrés, étaient tirés en arrière, mais pour la nuit elle défaisait son chignon et coiffait ses cheveux en tresses. Avec le temps, elles avaient rétréci, pour atteindre finalement presque la taille d'une queue de souris. Papa me raconta que lorsque ses frères et sœurs étaient petits, chacun avait son jour pour tresser le soir les cheveux de leur mère. Ils étaient sept. Les autres surveillaient celui ou celle dont c'était le tour. Le tour de papa venait le vendredi. Les filles tressaient les cheveux avec prudence, mais les garçons — involontairement — les tiraillaient durement. Grand-mère ne se plaignit jamais, bien que parfois elle ait dû passer des nuits blanches parce les garçons avaient trop serré ses tresses.

Grand-père était silencieux, tranquille. Il aimait grand-mère, ses enfants, la nature et les animaux. Souvent, il se promenait seul, pendant des heures, dans la forêt. La cloche sonnait pour le repas, mais pas de grand-père : enfermé dans ses pensées, il était allé trop loin. Souvent, il ne revenait que lorsque nous étions tous déjà installés pour manger. A table, on avait l'impression d'être comme à l'église ; le repas était si solennel et silencieux. Nous n'avions pas le droit de parler. Quand nous voulions être resservis, nous levions la main. On nous demandait ce que nous souhaitions. Mes grands-parents étaient des gens graves et croyants, et ils craignaient Dieu, tout comme tante Hanna. Ils étaient tous habités par la même paix.

La cuisine de la ferme de mes grands-parents était gigantesque. Courir d'un bout à l'autre suffisait presque à nous essouffler. Au plafond étaient suspendues des barres sur lesquelles étaient enfilées des couronnes de pain, noires, rondes et minces. Le trou en leur milieu était à peu près de la taille d'un verre. Le pain de grand-mère était le meilleur que j'aie connu — chaud avec du beurre salé. Dans l'entrée, il y avait un garde-manger. On aurait dit une épicerie. On y trouvait toutes sortes de denrées : des pains longs, au cumin ou sucrés, d'excellentes galettes caréliennes. Et puis des jambons, des saucisses, de la viande de porc dans une cuve, par terre, et des bocaux de poisson salé sur l'étagère. Sur le domaine, qui était vaste, vivaient beaucoup d'animaux : des chevaux, des vaches, des moutons, des porcs, ainsi que des poules et des canards qui piaillaient tout le jour dans la cour. Les moutons étaient au nombre de sept. C'est parce que grand-mère avait voulu sept enfants. Chacun avait son mouton. La forêt était vaste et fascinante. Imaginez comme ces sept enfants avaient pu être heureux ici, avec leurs parents, dans leur enfance !

Un jour, papa m'emmena voir son étang. Il était recouvert de petits boutons de nénuphars. Ses bords étaient de terre friable. Il contenait, à ce qu'on disait, beaucoup de sangsues, qui s'accrochaient à la peau. L'étang était très beau. Sur le bord se dressait un grand rocher plat. Papa me prit dans ses bras et me hissa dessus. Je fus surprise d'y trouver du muguet. J'en cueillis un gros bouquet sans remarquer que, ce faisant, je m'étais assise sur la mousse humide, mouillant ma culotte. Papa me dit qu'à mon âge il avait été hissé sur la même pierre géante par son père.

Ces vacances chez grand-mère furent inoubliables, mais ce bonheur ne dura qu'une semaine. D'après les nouvelles, les hostilités avaient repris. La séparation d'avec les grands-parents fut triste et celle d'avec papa plus triste encore.

Nous dûmes revenir à l'orphelinat. L'armistice avait pris fin et la frontière était de nouveau en feu. Papa repartit pour le front. Nous en reçûmes bientôt du courrier. Papa avait été promu caporal.

On cherchait des auxiliaires féminines, des « lottas », ainsi que des « petites lottas ». J'avais huit ans. J'adhérai aux « petites lottas ». Je tricotais des chaussettes pour les soldats avec du fil de coton gris et grossier.

J'eus mal aux doigts. Il y apparut des ampoules. Je tricotais trop serré, mais je ne savais pas faire mieux. Comme les autres filles, je souhaitais aider les soldats qui combattaient pour nous sur le front.

Quand j'avais fabriqué un certain nombre de chaussettes — le contenu d'une petite boîte —, je les rangeais par paires. Je mettais ensemble celles qui avaient à peu près la même taille. Malgré tous mes efforts, je ne parvenais jamais à faire des paires parfaites. Une chaussette devait toujours être agrandie au repassage pour correspondre à peu près à une autre. Elles étaient empaquetées et envoyées au front. J'espérais qu'au cas où papa recevrait une paire tricotée par moi, elle comporterait deux chaussettes sensiblement de la même taille.

Je priais tous les soirs comme tante Hanna me l'avait appris et j'ajoutais toujours à ma prière : « Notre père qui êtes aux cieux, laissez vite papa revenir du front et faites-nous quitter cet orphelinat. »

Plusieurs mois durant, nous avons mangé de la morue : au déjeuner et au dîner, au dîner et au déjeuner. C'était un cadeau de la Norvège. Le poisson était séché et on le laissait dessaler plusieurs jours dans l'eau.

Puis on en faisait de la soupe, de la purée, des beignets, des morceaux cuits au four ou sautés. Je trouvais cela bon, mais nous n'avions que de la morue à tous les repas.

Nous avions de la chance, car nous reçûmes d'Amérique du lait en poudre dans de grandes boîtes en fer. On le mélangeait à de l'eau. Ainsi, nous pûmes presque tous les jours boire du vrai lait. Peut-être était-ce une chance d'être à l'orphelinat. En réfléchissant bien, je ne le crois pas : j'aurais pu me passer de morue ou de lait en poudre, mais je ne supportais pas de vivre sans maman.

Un nouveau Noël. Sans doute le dernier de la guerre. Nous étions heureux, car papa vint nous voir. Il y avait encore un grand sapin dans le réfectoire. A ses branches étaient suspendues des pommes rouges qui sentaient bon à la chaleur des bougies. Tante Hanna lisait la Bible : « Notre sauveur Jésus est né cette nuit à Bethléem... » Elle le répétait encore une fois. Nous chantâmes : « Nuit de Noël, nuit de Noël... » Ensuite, on distribua les paquets. C'était la guerre, personne n'avait les moyens d'acheter des cadeaux. Les filles ne reçurent que des mouchoirs en papier et les garçons des pommes qui venaient de la grande cave de l'orphelinat. Moi, je n'avais pas besoin de cadeau, c'était inutile, car papa était près de nous. Nous nous sentions bien, mais, aussitôt après le passage du père Noël, je fus de nouveau attristée par le départ de papa.

Papa annonça que nos grands-parents avaient dû aller se fixer ailleurs en Finlande, car ils habitaient près de la frontière russe. Ce fut un grand chagrin pour nos grands-parents, car mon grand-père était né dans cette maison, de même que ses sept enfants.

Les Russes avaient conquis la Carélie. Je fus bouleversée d'apprendre qu'ils avaient brûlé la maison et l'étable des voisins de nos grands-parents. J'entendis dire que le vieux propriétaire n'avait pas voulu quitter sa ferme, il était resté seul pour la défendre. Il avait été pendu au balancier du puits et avait brûlé avec sa maison.

La guerre prit fin. A la même époque, j'appris que mes parents avaient divorcé.

Ce divorce isola presque totalement papa de ses parents. Pour eux, divorcer c'était pécher. De grandes difficultés attendaient papa. Il avait essayé de prendre contact avec maman, mais elle avait refusé de lui répondre au téléphone. J'en restais bouleversée. Je ne cessais d'y penser. Papa n'avait jamais rien dit de mal sur maman. J'attendais maman pour tirer d'elle la vérité.

Un jour, tante Hanna annonça que le vendredi suivant un couple viendrait choisir parmi nous des enfants pour les adopter. Je passai des nuits blanches, car je me souvenais du ramoneur et de sa femme, des années plus tôt. Je me rappelais ma joie lorsque, le lendemain de mon arrivée chez eux, ils m'avaient ramenée à maman, parmi les cercueils, et que j'avais retrouvé mon petit frère que j'aimais tant.

Vendredi soir, tout semblait menaçant. Je n'avais pas besoin de nouveaux parents, puisque j'avais les miens, père et mère. On nous fit prendre un grand bain, on nous lava les cheveux et on nous coupa les ongles après le sauna. Sur la chaise placée près de nos lits, on disposa nos vêtements du dimanche en prévision du lendemain. J'eus des cauchemars et je m'éveillai comme au milieu du brouillard. Tante Hanna lut l'évangile comme toujours avant le petit déjeuner, puis nous priâmes tous ensemble : « Seigneur, bénissez cette nourriture, demeurez toujours avec moi ! »

J'ajoutai en moi-même : « Notre père qui êtes aux cieux, ne nous donnez à personne. » Nous apprîmes ensuite que le couple avait téléphoné : ils ne viendraient que plus tard, vers deux heures de l'après-midi. Il nous fallait encore attendre.

La nuit avait déjà été si longue avec ses cauchemars. Je vivais maintenant des minutes et des heures pénibles. J'ignorais ce que pensaient les autres enfants, nous parlions peu entre nous, nous nous contentions d'obéir. Ils semblaient se comporter comme tous les jours. Moi, je me sentais mal à l'aise. Bien avant deux heures, nous nous rendîmes dans le hall et nous nous mîmes en rangs. J'aurais voulu que ce fût un rêve. Ce n'était pas possible. En plus, le couple ne désirait adopter qu'un seul enfant. Et s'ils prenaient mon frère, ou bien moi...

Nous étions en rangs, filles et garçons séparés. Alignés par ordre de taille. L'une des dames du personnel passa encore en revue nos vêtements et nous donna un coup de peigne. J'étais au milieu de la pièce, en face de la grande pendule murale. Elle indiquait deux heures. Puis deux heures et quart. Le couple n'arrivait pas. Peut-être avaient-ils changé d'avis. Je l'espérais du fond du cœur.

On sonna à la porte. Une dame entre deux âges, corpulente, portant sous l'aisselle un gros sac à main, fit son entrée. Elle avait un manteau noir et beaucoup de bijoux. Elle ne faisait pas l'effet d'être gentille. L'homme semblait amical. Il sourit même en saluant tante Hanna. Ils parlèrent un moment entre eux, puis ils vinrent nous observer. Leurs yeux se portèrent d'abord sur le rang des filles. Ils voulaient sûrement une fille. Ils examinèrent les enfants un à un, de la tête aux pieds.

Ils arrivaient à ma hauteur. Ils s'arrêtèrent juste devant moi. Mes genoux tremblaient, mais je restai droite. Une curieuse fièvre remplit tout mon corps. Elle me monta à la tête. Mon front se couvrit de sueur. Je me sentais très mal. Mes nattes me parurent lourdes. Je mourais presque de peur. Et je souffrais de cette peur. Pourquoi me regardaient-ils ainsi ? Toutes les filles étaient plus belles que moi, surtout Elina. En outre, elle n'avait pas de parents. Moi, j'en avais. Et puis, j'étais laide, j'avais une large ossature et j'étais maigre. Sur le devant de la bouche, deux de mes dents, trop grandes, ressortaient, comme les lièvres : on me surnommait pour cela Jeannot lapin.

Le couple demanda mon nom. Je ne pus

répondre. On nous avait pourtant minutieusement expliqué la veille qu'il fallait parler clairement et regarder les gens en face. Mais j'avais la gorge serrée. Je voulais crier à l'aide. Mais qui aurais-je appelé ? Je voulais m'enfuir de la maison en courant, mais où aller ? Tante Hanna répondit pour moi : « Sirkku. Mais elle a un frère, et je ne sais si l'on peut les séparer. »

Le couple alla regarder mon frère dans le rang des garçons. Je pensai qu'ils l'acceptaient lui aussi, car, sans regarder les autres enfants, ils allèrent discuter dans le bureau avec tante Hanna. Comme dans un rêve, j'entendis tante Hanna dire : « Leur mère les cédera volontiers, mais nous ignorons comment réagira le père. Sans son autorisation, nous ne pouvons rien faire... »

Après avoir entendu cela, la tête me tourna encore plus. J'éprouvais un sentiment oppressant de vide. Je me figeai sur place. Les autres enfants gagnèrent la salle de jeux.

Le soir, je m'agenouillai au pied de mon lit pour prier. En joignant les mains, je demandai avec ferveur à Dieu de ne pas laisser papa renoncer à nous. Je serais si malheureuse avec des gens, sans maman, papa ni mon petit frère. J'étais certaine que Dieu entendait ma prière, tant elle était ardente.

Tante Hanna écrivit à papa. Nous attendîmes la réponse trois jours. Elle arriva enfin. Je reconnus l'écriture de papa. Personne n'avait l'air de la remarquer. Je fus tentée de dérober la lettre sur le bureau de tante Hanna et de l'ouvrir sur-le-champ. Mais je n'osai pas. Finalement, nous fûmes convoqués au bureau. Je craignis le pire, car tante Hanna était grave. Elle prit la lettre de papa dans sa main et dit : « Je suis désolée, mais votre père ne veut pas vous céder. Vous restez donc encore pour l'instant à l'orphelinat. » Sous le coup de l'émotion, j'éclatai en sanglots. Tante Hanna ne comprit pas pourquoi. Elle essaya de me consoler : « La prochaine fois, votre père acceptera certainement. »

La prochaine fois ! Je n'aurais pas supporté un autre vendredi comme ça. Ne comprenait-elle pas que nous avions nos deux parents ? Je n'avais pas besoin d'une autre mère. Papa venait nous voir et j'étais tout à fait certaine que maman reviendrait un jour, quand elle pourrait se libérer de son travail.

Heureusement, tante Hanna existait. Elle était si maternelle. Parfois, il semblait que son amour pour nous et pour Dieu n'avait pas de borne. Elle s'occupait de chacun, tout le temps. Elle représentait beaucoup pour nous tous. Pendant les vacances de Pâques, tante Hanna m'emmena aux fêtes religieuses de Turku. J'étais la plus jeune et la plus petite des participants. Je n'ai pas compris tous les sermons, mais j'étais heureuse d'assister aux cérémonies.

Les festivités durèrent trois jours. Nous passâmes la plupart du temps à l'église ou dans des réunions spirituelles, mais les cantiques étaient bien tristes. Soudain, je m'ennuyai profondément de maman, de papa, de mon frère et aussi de tous les enfants de l'orphelinat. Juste avant le départ du train, nous fîmes un tour en ville. Je vis l'imposant château de Turku, l'université et la cathédrale. Tante Hanna m'acheta comme souvenir un livre religieux et une croix en carton qui servait de signet.

Je pensai que quand je serais grande je souhaiterais devenir croyante pour ressembler un peu à tante Hanna. Je voulais être aussi bonne et tranquille qu'elle. J'avais observé la même paix chez mes grands-parents. Dans le train, nous parlâmes des faits marquants des cérémonies. Tante Hanna m'expliqua le sens des sermons et évoqua fréquemment l'existence de Dieu. Dieu, qui n'oublie jamais les pauvres, les malades ni les orphelins. Le voyage fut court. Nous arrivâmes à la gare du bourg, près de mon ancien chez-moi. Malgré mon envie, je n'osai pas demander d'aller voir si le magasin de cercueils était toujours là et si maman habitait toujours la maison. Nous montâmes donc dans l'autocar qui nous conduisit à l'orphelinat.

J'adhérai au cercle chrétien des jeunes filles. Nous nous réunissions une fois par semaine dans le vieux séchoir du presbytère, entièrement restauré et équipé d'un beau mobilier rustique. Le plancher était recouvert de longs tapis multicolores. Le chauffage était excellent. C'était un vrai grenier et il était à nous. Nous exécutions des travaux manuels et nous chantions des cantiques. Chacun à son tour lisait quelques pages des évangiles relatifs à Noël, car Noël n'était plus loin.

Au printemps, une kermesse eut lieu dans

la salle paroissiale. Nous y vendîmes nos ouvrages et l'argent fut donné aux pauvres. Tante Hanna vint à la kermesse et, à ma grande surprise, acheta pour moi une Bible reliée en cuir, dont les angles et la tranche étaient dorés. Plus tard, on grava mon nom sur la couverture. Je pensai que ce serait le plus beau livre de toute ma vie. Je le possède toujours.

On nous apprit une triste nouvelle. L'une des anciennes pensionnaires de l'orphelinat, Terttu, était tombée gravement malade. Elle venait d'entrer au séminaire — à la ville, car le bourg n'en possédait pas. La maladie empira. Un jour, nous reçûmes un appel téléphonique de l'hôpital, tôt le matin : Terttu était morte. Un grand chagrin nous gagna tous.

Pendant le petit déjeuner, nous vîmes que tante Hanna avait les yeux rouges. Elle avait pleuré pendant la nuit. Le corps de Terttu fut apporté à l'église pour l'enterrement. Les plus grandes filles se rendirent au cimetière pour la bénédiction funéraire. Avant cela, tante Hanna souhaita se rendre dans la chambre mortuaire. Je la suivis. Il y faisait froid et humide, et il y flottait une odeur extraordinaire que je ne connaissais pas. Au milieu de la pièce, sur un catafalque, reposait un cercueil blanc. Il était encore ouvert et seul un drap recouvrait le visage de Terttu. Tante Hanna souhaita voir une dernière fois cette fille qu'elle avait élevée. Je me tenais derrière elle. Elle souleva le suaire...

Je me sentis mal, je m'agrippai des deux mains et de toutes mes forces au rebord du cercueil. Elle était presque méconnaissable. Je ne pus d'abord croire qu'il s'agissait de Terttu. Elle avait le visage couvert de cicatrices profondes. Ses cheveux étaient presque tous tombés, à cause d'une forte fièvre. Tante Hanna laissa rapidement retomber le suaire sur le visage de Terttu, mais il était trop tard, j'avais tout vu. Cette vision me bouleversa. Cette fille que j'avais l'habitude de voir toujours joyeuse, souriante, était maintenant presque chauve et son visage couvert de cicatrices qui ressemblaient à des trous.

Le sacristain ferma le cercueil avec quatre clous. Chaque coup de marteau résonnait dans la chambre mortuaire. Je n'en pouvais plus, je sortis pour aller respirer.

On porta le cercueil à l'extérieur. Il neigeait. J'étais bientôt toute mouillée, de l'eau coulait de mes cheveux, il faisait froid. Le cercueil était abrité de la neige fondue par son couvercle. Au bord de la tombe, j'entendis les dernières paroles du pasteur : « Terttu était une enfant de Dieu. Elle était devenue croyante juste avant de mourir. Maintenant, elle pourra jouir de la paix éternelle des cieux. »

Terttu était orpheline. Elle était entrée au séminaire grâce au fait qu'elle était une des meilleures élèves de sa classe : elle avait obtenu une bourse. Tante Hanna et les enfants les plus âgés de l'orphelinat, nous étions les seuls au bord de la tombe quand le cercueil y fut lentement descendu. Il faisait affreusement froid. J'avais décidé de ne pas pleurer, car, bien entendu, nous nous reverrions bientôt aux cieux, après ma mort. Mais quand enfin nous chantâmes « Nous allons au Ciel », mes larmes percèrent malgré moi. Je tremblais aussi, de froid. Tout comme Elina, qui se tenait blême à côté de moi. Elle pleurait amèrement. En la regardant, je me mis à pleurer encore plus.

La tombe fut comblée avec du sable et de la terre. Après cela, nous déposâmes des gerbes sur lesquelles était écrit : « A notre chère sœur Terttu. Les enfants de l'orphelinat. » Ces inscriptions et même l'existence de ces gerbes me paraissaient sans signification : maintenant qu'elle était morte, elle ne savait plus rien de rien. Tante Hanna n'était pas d'accord avec moi. Elle disait que Terttu était aux cieux, près de Dieu, et nous regardait de là-haut. Nous rentrâmes à l'orphelinat en autocar. Dans le véhicule, il faisait froid et il y avait un courant d'air, car l'une des vitres était cassée.

Nous reçûmes une lettre de l'hôpital : tous les vêtements de Terttu ainsi que ses affaires personnelles avaient été brûlés en raison du risque de contagion. Parmi ces vêtements se trouvait le foulard de soie que maman lui avait donné, longtemps auparavant : un foulard bleu à pois blancs.

Pendant l'été, nous allâmes mettre de l'ordre sur la tombe de Terttu. Nous y déposions des chrysanthèmes et des épis de blé que nous avions cueillis sur le chemin du cimetière.

A la même époque, je me mis à tenir un journal. C'était un grand cahier qu'une stagiaire m'avait laissé en souvenir.

« Je n'ai pas pu écrire. La mort de Terttu était si triste. Mes yeux clignotaient. Tout est sombre depuis tant de temps. Aujourd'hui, il neige. La vie continue comme avant à l'orphelinat. »

Plus tard :

« C'est bientôt Noël. J'attends une carte de maman, les autres enfants attendent les congés de Noël à l'école. Cet hiver, il y a beaucoup de neige et il fait très froid. Papa veut nous emmener chez nos grands-parents pour Noël. »

« Papa vint nous chercher, mais il était si différent : il avait bu, il était ivre. J'ai refusé de partir avec lui. Il s'en est allé en me demandant de réfléchir jusqu'au lendemain. Tante Hanna me dit que je risquais de le chagriner. Je devais accepter de partir avec lui. Papa est revenu aujourd'hui à dix heures, il était lui-même. J'étais si heureuse. Papa a dit qu'il avait bu pour oublier quelque chose. Je partis avec lui, ainsi que mon petit frère, qui était prêt à partir dès hier. »

« Maintenant, les parents de papa habitent dans des conditions beaucoup plus modestes, ailleurs en Finlande. Quand je les ai revus, j'ai été étonnée : ils avaient en eux-mêmes la même paix extraordinaire, bien qu'ils aient perdu leur belle maison natale. Ils étaient tout à fait comme avant. »

Nous arrivâmes la veille de Noël. A notre

surprise, le sapin était déjà décoré. Très grand, il allait du sol au plafond. Son faîte était courbé contre le plafond, grand-mère disait qu'il ne fallait jamais couper le faîte d'un sapin. Au bout de ce faîte recourbé brillait une étoile dorée. Toutes les autres décorations étaient également dorées, les boules et les guirlandes, sauf les drapeaux de Finlande et de Carélie, en papier. Il neigeait dehors, une vraie tempête.

Le soir, nous empruntons le sentier du sauna tout couvert de neige fraîche. Nous portons des lanternes et nous avons aux pieds de hautes bottes en feutre. Avant le dîner, j'allume les bougies du sapin. Cette fois, je vais de haut en bas. Un parfum fantastique : mélange des pommes et des bougies. Au menu, il y a du jambon avec des canneberges et, au dessert, du gâteau de riz qui contient une fève. C'est mon frère qui la trouve : un bon présage, paraît-il. Tout va bien. Mais non, après tout. Maman me manque et je deviens soudain triste. En aucun cas je ne dois pleurer. Je ne pourrais expliquer pourquoi je pleure. Malgré tout, j'ai du chagrin à cause de maman. Comme cadeau de Noël, je reçois un pull-over tricoté par grand-mère, des guêtres et des moufles. Elles sont faites de cette toile de couleur rouille qui est fabriquée à la maison. Elle est belle, mais un peu grossière et rêche.

Le matin, nous allons à l'église pour le service de Noël dès six heures. Il est pénible de s'éveiller si tôt, mais en aucune façon je ne voudrais m'y opposer. Grand-mère en serait épouvantée. C'est encore la nuit noire et il fait très froid, moins vingt au moins. Nous allons à l'église dans un traîneau tiré par un cheval. Nous sommes à l'abri sous de grandes peaux de mouton. Nous avons chaud. Dans le ciel, il y a beaucoup d'étoiles et je recherche la mienne, l'étoile polaire. On a allumé des bougies aux fenêtres de la maison. C'est le signe de la naissance du Sauveur. Le petit Jésus est né cette nuit.

L'église est pleine de lumière, il y a des cierges partout, des gens aussi. Une jeune personne laisse son siège à grand-mère, qui me fait asseoir en m'enserrant de ses bras. Tout est beau, mais à mon avis le sermon est trop long. Je m'endors dans les bras de grand-mère et ne m'éveille que lorsque les orgues se mettent à jouer très fort, suivis par les cloches de l'église. Elles annoncent aux gens la naissance du Sauveur. La jument va bon train sur le chemin du retour, elle a hâte de se réchauffer à l'écurie. Les adultes boivent du café. Nous, les enfants, nous avons droit à de la crème aux raisins secs. Les raisins sont très gros, car on les a laissés macérer dans l'eau avant la cuisson.

L'après-midi, nous allons en traîneau sur la glace. Je porte le tricot de grand-mère et la peau me démange. Je me frotte en cachette, je ne voudrais pas que papa sache que j'ai des démangeaisons. Je me rappelle l'hôpital pour enfants. J'avais les mêmes démangeaisons, mais mes mains étaient alors entravées. En voyant des pêcheurs sur la glace, je pense à maman. Ils sont assis sur de grosses caisses en bois et attendent autour du trou pratiqué dans la glace. Moi, j'attends maman. J'ai presque envie de retourner à l'orphelinat, car je sais que maman ne viendra jamais chez mes grands-parents, puisque papa y est.

A l'église, le prêtre a dit que le Sauveur était né. Aussi loin que mes souvenirs remontent, on dit cela tous les Noëls, et cela suscite en moi de graves pensées. Nous libère-t-il ? De quoi ? Me libérera-t-il de cette solitude, sans maman ? Je médite. Papa parle avec son frère. J'entends que ma tante attend un troisième enfant, bien qu'elle en ait déjà deux petits. Il paraît que ça la fatigue beaucoup.

Une semaine plus tard, nous rentrions à l'orphelinat. Un nouvel hiver passa et vint le printemps. Il était plus chaud qu'à l'ordinaire. Presque chaque jour était ensoleillé et les bouleaux bourgeonnèrent très tôt.

Un matin, nous cueillîmes des anémones dans le bois. Nous en disposâmes sur les tables de tous les enfants de l'orphelinat. Tante Hanna eut droit à un gros bouquet et en fut très heureuse. En tendant les fleurs, je pensai à maman. J'aurais tant voulu donner des fleurs à maman, une pleine brassée.

Arriva mai et le premier dimanche de ce mois. Je savais bien que c'était la fête des mères et j'en avais peur par avance.

Avec Ulla, nous préparâmes des cadeaux. Des petits tableaux. Sur le sien, elle peignit un paysage : une maison, des arbres, une cour et, dans cette cour, un chien avec un joli ruban autour du cou. Moi, je m'efforçais de dessiner et de colorer de mon mieux des myosotis. Mes efforts ne furent pas couronnés de succès, bien que la gentille Ulla prétendît le contraire pour me faire plaisir.

Une nouvelle fille arriva à l'orphelinat. La

belle Liisa. Ses parents divorçaient et, en attendant la décision du juge, elle avait été placée à l'orphelinat. D'emblée, nous devînmes de bonnes amies. Elle était très tendre, souhaitait souvent coiffer mes cheveux et les tresser de diverses façons.

C'était le premier dimanche de mai. J'attendis maman. Nous n'avions eu aucune nouvelle d'elle depuis très, très longtemps. Je ne savais même pas où elle habitait. Mais j'attendais. Je voulais attendre et l'attente me procurait du réconfort. On ne savait jamais : peut-être viendrait-elle tout de même. Par la fenêtre, je regardai souvent la route, mais elle était vide et restait vide. Le téléphone sonna plusieurs fois et mon cœur bondit chaque fois, mais ce n'était pas maman qui appelait. Avant d'aller dormir, je mis mon petit cadeau dans l'armoire. Je me sentais très mal, je pleurais amèrement dans mon lit.

Au matin, je me hasardai finalement à demander sans détour à tante Hanna si elle avait l'adresse ou le numéro de téléphone de maman. Elle secoua lentement la tête en me regardant gravement. J'allai chercher dans l'armoire le cadeau que je destinais à maman. Je le donnai à tante Hanna.

On était encore en mai, ce mois qui passait

toujours lentement, dominé par l'attente. C'était le seize. J'avais dix ans et j'attendais une carte de maman. Peut-être était-elle en retard ou envoyée de loin, ou bien maman l'avait-elle postée au dernier moment.

J'avais attendu une carte plusieurs jours. Elle avait été égarée par les postiers, j'en suis tout à fait sûre. Je l'imaginais luisante, très belle. Elle avait peut-être des bords dorés. Ulla en avait reçu une semblable une fois et elle l'avait épinglée au-dessus de son lit.

Une longue période s'écoula, marquée par la mélancolie. Rien ne se passa.

Puis, heureusement, vint une occasion de se réjouir, qui m'aida momentanément à oublier. Le petit bassin de l'orphelinat fut rempli d'eau. Au début, elle était presque glacée. Malgré cela, nous y sautâmes aussitôt. Comme le bassin était petit, nous nous cognions les uns dans les autres, mais nous nous amusions beaucoup. Nous obtînmes la permission d'inviter la fille du voisin, Anna-Kaisa, à venir se baigner avec nous, mais elle refusa en disant qu'elle ne souhaitait pas nager dans ce bassin insignifiant. Nous en fûmes profondément mortifiés. Anna-Kaisa était dans la même classe que moi, à l'école. Je cessai de l'aimer comme avant.

Tôt un matin, nous partîmes avec des provisions dans nos sacs au petit port du bourg, et là nous prîmes un vapeur qui nous conduisit sur une belle île, qui possédait une plage de sable. Il y avait là une école de natation. Notre maître-nageur était un étudiant qui habitait à proximité de l'orphelinat. Je l'avais vu souvent avec une jeune fille. En tout cas, bien qu'il fût seul maintenant, je n'osai lui parler. J'avais envie de lui dire que je l'aimais bien.

Sur la rive, nous fîmes des mouvements de grenouille et nous les répétâmes ensuite dans l'eau. Je ne parvins pas à me maintenir à la surface, je bus de l'eau tout le temps. Mais le maître-nageur était patient. Il prit beaucoup de peine avec moi. J'appris à nager, mais en même temps je me mis à l'admirer. Maintenant je savais ce que c'était que s'éprendre de quelqu'un. Les autres filles en avaient souvent parlé, mais je me moquais toujours d'elles.

Les leçons de natation prirent fin. C'était le dernier jour. J'avais essayé de savoir ce que notre maître-nageur ferait à l'automne. Les enfants me dirent qu'il partirait pour l'université, à Helsinki ou à Turku. Nous avions mangé nos provisions et, comme c'était le dernier jour, nous pouvions faire ce que nous voulions. J'allai seule de l'autre côté de l'île. La rive y était rocheuse et, à cause de cela, en général personne n'y venait. Je m'assis sur une pierre et rêvai à notre maître-nageur.

Maintenant, tout était fini : je savais nager. Les excursions vers l'île cesseraient et je ne le verrais plus. La rive était bordée de joncs et plus loin il y avait des renoncules. Derrière moi, un beau bois de bouleaux. Et si le maître-nageur apparaissait soudain sur la rive... Mais pourquoi y viendrait-il ? Je m'éveillai de mes songes. N'ayant pas de montre, j'ignorais l'heure qu'il était. Je regagnai vite en courant l'autre côté de l'île, où les autres enfants étaient déjà prêts au départ. Nous dîmes au revoir à notre maître-nageur. A ma hauteur, il déclara : « Au revoir, je ne sais pas si je vous reverrai tous bientôt, mais je rencontrerai sûrement Sirkku, car nous sommes voisins. » La joie emplit mon cœur et je me sentis rougir.

Nous étions en septembre. L'école reprenait, changeant beaucoup de choses dans notre vie. Au début de l'automne, nous fîmes assez souvent des excursions. Elles nous apportèrent de grands plaisirs et nous découvrîmes de nombreuses curiosités intéressantes.

Un jour, nous visitâmes une grande raffinerie de sucre. L'usine était immense, flanquée de deux hautes cheminées, d'où un petit nuage de fumée sortait sans arrêt. On nous montra les salles et les machines de l'usine et nous pûmes manger du sucre à satiété. Le sucre était encore une nouveauté pour nous. Nous en mangeâmes peut-être une quantité égale à celle qui nous avait manqué pendant la guerre.

Tandis que nous quittions l'usine, un garçon d'une autre classe tomba de l'escalier sur la cour en ciment. Il s'était sûrement fait très mal, car il resta étendu sur place en se tordant de douleur. Mais personne ne bougea parmi les instituteurs. Tous restaient figés. Une bave écumeuse commença à couler de la bouche du garçon, c'était impressionnant. Je m'agrippai au bras de notre institutrice, qui se tenait près de moi, et lui demandai pourquoi elle ne faisait rien. Elle m'expliqua que le garçon était atteint de temps en temps par des crises semblables.

Le garçon resta étendu et une institutrice

resta près de lui. On nous ramena pendant ce temps vers l'autocar. Nous rentrâmes au bourg. J'étais tellement émue par la crise du garçon que je me sentis mal dans le véhicule. Tout le long du trajet, je vomis dans des sacs en papier que les autres élèves allaient gentiment chercher auprès du conducteur.

A l'orphelinat, je racontai l'incident à tante Hanna. Je lui dis que j'avais commencé à douter de l'existence de Dieu. Pourquoi cet enfant était-il né malade ? Pourquoi n'était-il pas en bonne santé comme nous ?

Tante Hanna se défendit en recourant à des citations de la Bible. Je la choquai peut-être en lui disant que je n'avais encore rien vu qui vérifiait les paroles de la Bible. De son côté, tante Hanna demanda si je n'étais pas reconnaissante de ce que j'étais en bonne santé. J'aurais pu être laide et boiteuse. Je n'étais pas d'accord : pourquoi aurais-je été laide et boiteuse ? Qu'avais-je fait de mal en naissant ou même avant de naître ? Elle avait une réponse : Dieu fait payer les mauvaises actions des ancêtres, jusqu'à la troisième et la quatrième génération, à ceux qui le haïssaient, mais il accordait la miséricorde et la grâce à ceux qui l'aimaient et le gardaient en eux.

Je ne comprenais pas. Pourquoi les enfants devaient-ils souffrir des mauvaises actions de leurs parents ou leurs grands-parents ? Pourquoi ne punissait-il pas les pécheurs eux-mêmes ? Pourquoi condamnait-il de petits enfants désemparés comme ce garçon ? Je ne trouvais pas cela juste, Dieu n'était pas impartial. Tante Hanna parlait et expliquait. Je ne voulais pas la heurter, mais j'avais trouvé une nouvelle vérité et je devais la défendre. Je remarquai son chagrin quand je lui dis qu'à partir de ce jour Dieu n'était plus pour moi qu'un nom, et rien d'autre. Je m'éloignais ainsi complètement du Dieu de la chère tante Hanna.

Le lendemain matin, tante Hanna dit que mes yeux étaient aveugles à la vérité. Je devais la rechercher par le cœur. Maintenant, j'étais en pleine confusion. Les yeux et le cœur. Je croyais avoir cherché la vérité et l'avoir trouvée, mais peut-être ne l'avais-je pas vraiment trouvée ? Tante Hanna avait-elle raison au bout du compte ?

Il avait neigé. Le bois était tout mouillé. Je ne pouvais aller méditer sous mon arbre.

A l'école, toutes les filles avaient de jolis

nœuds dans les cheveux. Ulla et moi faisions exception. Nos longues nattes n'étaient terminées que par des rubans ou des anneaux de caoutchouc. Notre grand rêve était d'avoir de vrais et beaux rubans de soie. Mais comment ? Je conçus un moyen. Je le révélai à voix basse à Ulla, et elle manifesta aussitôt son accord enthousiaste.

A la fin des classes, nous laissâmes les autres élèves partir devant nous. Quand ils disparurent après le virage, nous obliquâmes vers le cimetière. Nous gagnâmes son dépôt d'ordures. Nous retenions notre respiration. Ulla savait où je voulais en venir : nous avions découvert l'île aux trésors.

Nous arrachâmes les beaux rubans des gerbes et des couronnes. Beaucoup étaient accrochés avec du fil de fer fin. Il fallait agir rapidement, car, bien que nous sachions ne voler personne — ces rubans avaient été jetés au rebut —, nous craignions d'être surprises par le gardien. Nous fouillâmes le dépôt d'ordures de fond en comble. Les rubans étaient tous plus beaux les uns que les autres. Nous en fîmes des rouleaux qu'Ulla mit dans son cartable. Je n'aurais pas osé les rapporter à l'orphelinat : tante Hanna aurait peut-être blâmé notre acte.

Je lui demandai la permission d'aller faire mes devoirs chez Ulla. Au lieu de cela, nous lavâmes et repassâmes nos rubans de soie. Tous portaient des inscriptions, certains des phrases entières de la Bible. Nous effaçâmes les lettres dorées à la brosse dure et ce qui restait avec nos ongles. Je pensai que maman avait peut-être tracé certaines inscriptions, mais je ne savais plus reconnaître son écriture. Nous lavâmes soigneusement les rubans et nous les séchâmes au fer à repasser. Ils étaient en soie épaisse. Nous les coupâmes à la bonne longueur, puis dans le sens de la longueur. A petits coups de ciseaux, nous fignolions les bords découpés et les extrémités.

Nous avions décidé, Ulla et moi, de nous rencontrer le lendemain sur le chemin de l'école. Elle m'attendait. Elle sortit de son sac des rubans blancs et nous les mîmes à nos nattes. C'étaient les rubans les plus beaux et les plus brillants que nous ayons jamais vus. A l'école, toutes les filles furent stupéfaites. Elles ne pouvaient se figurer d'où nous tirions ces rubans. Ils étaient de bonne qualité, comme empesés. Les nœuds de nos nattes restèrent en place toute la journée. Notre joie était sans borne.

Les filles de l'école perdirent leur sang-froid. La fille du boucher et l'enfant de l'orphelinat ! Où avaient-elles déniché ces superbes rubans ? Nous gardâmes scrupuleusement le secret. Sur le chemin du retour, je retirais toujours les rubans de mes nattes. Je les roulais soigneusement et Ulla les mettait dans son sac. Je n'ai jamais osé les montrer à tante Hanna.

Une fois, je perdis l'une de mes moufles dans le trou des cabinets de l'école. Je n'osai en parler à personne, sauf à Ulla. Elle rit quand je lui dis que j'avais sûrement été punie à cause des rubans de couronnes. L'hiver était froid, très froid, et il y avait beaucoup de neige. Cet hiver-là, j'eus toujours la main gauche dans la poche, la main à laquelle il manquait une moufle. Je portais mon cartable de la droite.

Peu après, un dimanche, papa vint nous voir. Il voulut absolument prendre une photo de nous devant la grande croix de granit du monument funéraire dédié aux héros. Plus tard, nous allâmes au cimetière pour voir les belles tombes. Nous nous faufilâmes dans les petits sentiers ménagés entre les dalles. Papa ne pouvait certainement pas deviner nos pensées. Lui et mon petit frère admiraient les tombes et les inscriptions gravées dans la pierre. Moi, je ne regardais que les couronnes et leurs rubans. J'avais honte d'être une telle pécheresse.

Je remarquai une tombe qui avait des couronnes sur sa terre fraîchement remuée. Sans doute quelque riche personne récemment décédée. Les rubans des couronnes étaient faits d'une soie magnifique. Les fleurs étaient fanées : les iris, les roses, les tulipes et de grandes fleurs blanches avaient la tête pendante. Tout cela serait probablement emporté au tas d'ordures le lendemain. De fait, je les y trouvai le jour suivant.

Au cours de cet hiver, nous fîmes une ample moisson de rubans.

Un jour, le fer de la mère d'Ulla était trop chaud. Les rubans blancs brunirent. Les autres couleurs aussi se modifièrent un peu, mais ce n'était pas grave. Il nous restait encore d'immenses provisions, sans cesse renouvelées.

Parfois, nous faisions cadeau de ces rubans à d'autres enfants. Nous achetions ainsi un peu d'amitié. J'étais une enfant de l'orphelinat, j'étais différente des autres. Je me révoltais souvent en moi-même contre cela, car en réalité nous avions père et mère. Mais nous ne pouvions habiter avec eux. Je répétai à tante Hanna que Dieu n'était pas juste.

L'année scolaire prit fin. De manière inattendue, je fus invitée par la mère d'une des élèves de ma classe, Laila. Elle me proposa de passer un week-end avec sa fille. J'étais très heureuse de l'invitation, car j'avais longtemps admiré Laila en secret. Maintenant, je pourrais mieux la connaître. Comme cadeau, tante Hanna acheta une boîte de bonbons acidulés. Dès que se furent terminées les cérémonies de fin d'année scolaire, nous partîmes en autocar. La maison d'été de Laila était un vrai manoir, comme j'en avais vu sur des photographies. Son jardin était un vaste parc. Derrière le manoir, il y avait un verger et, plus loin, un lac, avec sur la rive un petit sauna rouge. Le soir, nous prîmes un bain dans le sauna, puis nous allâmes nager dans le lac et nous revînmes au sauna. Nous nous sommes fouetté mutuellement le dos avec des faisceaux de branches de bouleaux. Dans la chaleur du sauna, elles sentaient bon. Puis Laila me lava le dos. Je me sentais bien.

Nous dormîmes dans le grand lit de la

chambre de Laila et nous veillâmes fort tard, si bien que le lendemain matin il nous fut difficile de nous lever. L'office était à dix heures, et l'église n'était pas toute proche. Nous nous y rendîmes dans une voiture à cheval munie de grandes roues en bois. L'église était ancienne. Ses petits vitraux multicolores représentaient la Vierge. Il y avait aussi plusieurs vieilles sculptures en bois, mais presque à toutes il manquait un bras ou une jambe et elles n'avaient pas été restaurées. Ces sculptures dataient, paraît-il, de plusieurs siècles. Le service fut long. Le prêtre parla lentement des mêmes vieilles choses que j'avais entendues si souvent. Enfin, ce fut fini. Terminé aussi dans l'intervalle tout le foin du cheval dans le sac qu'on lui avait suspendu autour du cou pour la durée du service divin.

Sur le chemin du retour, la jument prit une bonne allure. Nous étions ballottés d'avant en arrière et de côté et d'autre, suivant les mouvements de la voiture. C'était agréable, nous riions à gorge déployée. La mère de Laila, qui était assise à l'avant à côté de son mari, tourna la tête vers nous. Je lus dans son regard qu'il ne convenait pas de se réjouir ainsi au sortir de l'église. Mais elle ne dit rien

La petite route du manoir était bordée de chênes, grands et vieux. Au loin, les troncs blancs de bouleaux apparaissaient fugitivement.

Après le repas, nous allâmes, Laila et moi, nous promener dans le bois. Je le trouvai vaste et plein d'aventures. J'étais heureuse de pouvoir vivre cette aventure avec Laila, dont l'amitié était pour moi jusque-là un rêve inaccessible. Nous marchâmes main dans la main et, dans le bois désert, nous éprouvâmes profondément la similitude de nos tempéraments.

En revenant vers la maison, nous nous adossâmes pour nous reposer à une vieille grange. Puis nous l'explorâmes. A l'intérieur, cela sentait bon. Nous amassâmes le peu de foin qu'elle renfermait contre le mur du fond, pour nous faire un divan. Nous trouvâmes une vieille planche et deux pierres : elles devinrent une table. Nous nous assîmes sur le divan et nous nous embrassâmes de satisfaction. Nous avions une maison commune. J'avais un chez-moi et quelqu'un m'aimait. Nous demeurâmes longtemps assises, main dans la main. J'aurais pu rester habiter dans la grange jusqu'à la fin de ma vie. Ce vieil édifice me paraissait même plus beau que le manoir. Il devint mon château de rêve, je ne l'ai jamais oublié. Mais le soir venait et il nous fallut partir.

Plus tard, à l'orphelinat, j'écrivis dans mon journal :

« J'ai beaucoup pensé à mon château et à Laila. Si seulement, je pouvais moi aussi l'inviter ! Mais je n'ai pas de maison. Pour l'instant. Pourtant, j'espère et j'attends. »

« J'ai attendu des semaines, des mois, des années. Pas un jour ne s'écoule sans que je pense à maman, où que je sois. Deux jours seulement j'ai omis de penser à elle : quand j'étais chez Laila. »

« Cher journal, je rêve souvent de maman : elle est devant moi, belle, elle parle et joue avec moi, elle rit de ses dents impeccables. Je suis heureuse, mais je m'éveille en sursaut. Maman n'est pas à côté de moi. Figure-toi que je ne connais même pas son adresse. Un affreux sentiment de vide. Mon cœur bat. Je me sens très mal. »

Depuis des années, j'avais pleuré en m'endormant et tous les matins j'avais retourné mon oreiller, mais il n'y avait rien dessous.

Quand l'un des enfants recevait des bonbons de ses parents, tante Hanna les mettait dans l'armoire de sa chambre. Sur les sachets était inscrit le nom de chaque enfant, pour ne pas les mélanger. Avant de se coucher, elle passait dans les chambres en silence et mettait un bonbon sous l'oreiller de l'enfant à qui son père ou sa mère l'avait envoyé.

Cet été-là, j'allais souvent méditer dans le bois, sous mon arbre. Parfois, je sombrais des heures dans mes pensées. Dans mes rêveries, je suis toujours assise sur les genoux de maman, les bras autour de son cou. Nous ne nous séparerions jamais.

Le pire, c'était lorsque la mère d'un autre enfant venait en visite. La mienne ne venait plus, mais je l'attendais quand même. Je m'accrochais de nouveau à Dieu et j'essayais d'en tirer de l'espoir. Mais plus le temps passait, plus je réfléchissais, et moins je comprenais ce qui arrivait et ce qui n'arrivait pas.

« Il ne se passe rien. Je perds espoir. Je doute de Dieu. Je ne veux plus parler à personne. Un nuage noir recouvre tout. J'ai rêvé que j'étais dans un grand trou creusé dans le sable. Il était très profond et je ne pouvais en sortir. Pas la moindre corde. Au fond, les mêmes pas aux mêmes endroits. Plus je tournais, plus je m'enfonçais. J'étais prise dans le sable jusqu'aux chevilles. Je suis peut-être dans ma tombe, c'est peut-être comme ça, une tombe. Je me suis réveillée. J'étais assise au pied de mon arbre. Je me suis mise à pleurer amèrement. Je voudrais mourir aujourd'hui. En y réfléchissant un peu plus, pas vraiment encore. Papa serait triste et mon frère malheureux. Que penserait maman ? Elle pleurerait sûrement et regretterait ce qu'elle a fait. La cloche sonne pour le repas. Combien de temps encore l'entendrai-je sonner ? Dieu seul le sait s'Il existe. Je me lève et sèche mes larmes avec le coin de mon tablier. Il vaut mieux courir pour rejoindre ma place dans le rang à l'entrée du réfectoire. Les autres enfants sont sûrement déjà en place. »

« La nuit dernière, j'ai rêvé que j'avais un jardin et qu'il y poussait beaucoup de mauvaises herbes et d'orties. Je marchais pieds nus, elles me piquaient et me brûlaient les talons. J'essayais de sauter par-dessus, mais j'étais trop petite. Je tombai au milieu. Là-dessus, je me suis réveillée. »

C'était la veille de Noël. Tante Hanna alla chercher au grenier un grand carton. Nous l'ouvrîmes dans la cour et nous en sortîmes un grand drapeau finlandais. Nous le hissâmes sur le mât dressé au bas de la cour et au sommet duquel brillait une boule de cuivre. Le temps était ensoleillé. Un petit vent faisait flotter de drapeau. Je dis à tante Hanna que le drapeau finlandais était sûrement le plus beau et le plus simple des drapeaux. Blanc et bleu : la couleur de la neige et des lacs. Le soir, à six heures, nous descendîmes le drapeau. Tous les enfants étaient présents à cette cérémonie et nous avons chanté l'hymne national, « Notre pays ». Le drapeau ne devait pas toucher le sol, nous l'avons saisi juste avant. En le tenant fermement par les bords, nous l'avons plié soigneusement et nous l'avons rangé dans le carton jusqu'à la prochaine occasion.

J'ai gardé en tête une phrase écrite par un camarade de classe sur mon album : « Enfant, ne quitte pas la Finlande, tu as un beau pays. » Lorsque je lus pour la première fois cette phrase sur mon carnet, j'éprouvai un curieux sentiment : quand je serai grande, j'irai certainement très loin, dans un endroit où j'oublierai toutes ces tristes choses. Je n'emporterai pas mes peines avec moi. Jamais.

« Quelque chose d'affreux est arrivé aujourd'hui. Ma camarade de classe Marja s'est noyée. Elle était allée nager dans l'île avec ses parents. Sur le bateau, Marja avait voulu voir comment l'hélice fonctionnait, comment l'eau tournait si vite autour d'elle. Elle s'est hissée sur le bastingage et est tombée à l'eau, juste sur l'hélice. Le corps de Marja a été trouvé en fin d'après-midi, mais sans tête. L'hélice l'avait tranchée. J'ai pleuré toute la soirée. Je viens de faire une croix à la hauteur de Marja sur la photo de la classe. »

Il ne m'est rien arrivé d'aussi triste depuis la mort de Terttu. Je revois encore le visage de Terttu dans la chambre mortuaire, où flottait une odeur si étrange. Je me rappelais sa bouche, à demi-ouverte. Elle portait une chemise blanche et avait les mains croisées sur la poitrine. Peut-être était-elle morte en priant. Cette vision me revint à l'esprit. Je me sentais très mal. Maintenant Marja aussi était morte. Je me rappelais les jeux avec Marja. Sa famille avait une belle balançoire dans le jardin. En revenant de l'école, je m'étais parfois arrêtée pour jouer avec Marja. Nous étions restées assises des heures sur la balançoire, les poupées de Marja dans les bras.

Le lendemain, les enfants racontèrent qu'on avait retrouvé la tête de Marja sur la rive d'une île proche. La mère de Marja était tombée malade, la pauvre. Elle avait été envoyée dans une maison de repos, au bord d'un lac sur lequel nageaient des cygnes blancs.

J'étais trop malheureuse. Tante Hanna me consola en disant que rien n'était durable sur la terre. Mais Marja était la fille unique de ses parents. Pourquoi Dieu l'avait-il rappelée à lui ? Tante Hanna ne répondit pas.

Des semaines plus tard, le jour de la rentrée des classes, je passai devant la maison de Marja. Je vis la mère de Marja : elle battait des tapis. Elle portait une jupe noire, des bas noirs, des chaussures noires et sur la tête un fichu noir. Elle ne me vit pas. Je regrettais Marja et ma gorge se serra. Ulla m'attendait un peu plus loin, à la hauteur du cimetière. Elle sortit les rubans de son sac pour nos tresses. Ce jour-là, ils étaient noirs, eux aussi. Ulla avait pensé à tout. Elle avait arraché ces rubans de deuil à la gerbe bordeaux des Caréliens. Ils convenaient également pour une autre raison : Laila ne serait plus dans notre classe. Durant l'hiver, ses parents avaient déménagé.

Tous les jours, en me rendant à l'école, je passai devant chez Marja. La maison semblait si désolée et si vide... La balançoire du jardin me rappela des souvenirs : c'était la même que chez le ramoneur, et du même vert. Je ne savais plus qui croire. Il était encore arrivé quelque chose d'affreux. Je ne pouvais pas penser que les parents de Marja l'avaient mérité.

« Aujourd'hui, un grand vol d'hirondelles est passé au-dessus de nous. Tante Hanna a dit qu'elles allaient pour l'hiver dans des pays chauds, peut-être jusqu'en Egypte. Elle raconta que parfois certaines oubliaient de partir tant elles se plaisaient en Finlande. Ces retardataires étaient alors placées dans de grandes cages et envoyées vers le sud. Cela a l'air d'une fable, mais, comme tante Hanna n'en raconte jamais, ce doit être vrai. »

« Des semaines ont passé. Je n'ai pas écrit. Mais aujourd'hui quelque chose est arrivé, qui m'a surprise : sous mon oreiller, il y avait un caramel. Comment est-ce possible ? Maman est-elle venue tard hier soir ? Je cours à l'étage inférieur pour interroger tante Hanna. Elle ne sait rien à propos du caramel.

« Ce matin, j'ai tardé à quitter l'orphelinat.

Puis j'ai couru directement à l'école. Maman n'était pas venue et elle ne vint pas de toute la journée. C'est extraordinaire. »

Tout s'expliqua. C'était Liisa qui avait placé le bonbon sous mon oreiller. Peut-être par pitié. J'étais déçue, mais désormais je fus plus gentille avec Liisa.

L'été suivant, je me fis quelques économies. Au début, je collectais du papier à la porte des gens. Mais je dus bientôt cesser. J'obtenais certes beaucoup de papier, mais tante Hanna estima que je me fatiguais trop à porter ces lourdes charges et elle m'interdit de continuer.

Je me mis à cueillir de la camomille, pour la vendre à la pharmacie. J'obtins ainsi quelques marks. Puis je dus aussi renoncer à ce commerce : un jour, alors que je cueillais des fleurs au bord d'un champ, le propriétaire me cria de la cour : « Hors de mes cultures, gamine ! » J'en fus profondément mortifiée, car j'avais toujours été prudente et n'avais rien cueilli que dans les fossés.

Une fois, Ulla vient me chercher pour aller au bourg. Nous prîmes toutes nos économies. Nous voulions acheter de grosses glaces. Il y avait deux kilomètres à faire. Pas moyen d'acheter des glaces plus près. Nous étions contentes d'être ensemble. Le trajet passa en bavardages. Nous achetâmes des glaces doubles au kiosque de la gare routière et nous allâmes les déguster au bord de la rivière. Il y avait là des bancs peints en vert, entre lesquels étaient plantés des massifs floraux et derrière lesquels s'étendait la berge de la rivière, couverte de gazon bien entretenu. La rivière coulait dans son grand lit. Le temps était beau et ensoleillé.

Je me sentis mal à l'aise au moment où nous nous apprêtions à prendre place sur le premier banc. Je demandai à Ulla d'aller plus loin. Elle ne demanda pas pourquoi et me suivit jusqu'au banc suivant. Juste comme nous nous asseyions, un fracas se fit entendre. Nous nous retournâmes. Une grosse jeep gris-vert du temps de la guerre avait descendu la pente sans conducteur et percutait le premier banc sur lequel nous allions nous asseoir. La voiture poursuivit sa course et tomba dans la rivière, les roues en l'air. Elle disparut bientôt. Seules des bulles montaient à la surface.

De nombreux curieux accoururent sur la rive depuis la gare routière. Tout s'était passé très vite. Nous restâmes à regarder, par curiosité. Les pompiers arrivèrent pour repêcher la jeep. C'était difficile, à cause d'un fort courant qui, l'hiver, empêchait la rivière de geler complètement.

En rentrant, nous continuions de manger nos glaces sur la route, mais nous ne riions plus. Même les glaces avaient perdu leur parfum. Nous marchions en silence. Je pensais à l'événement. Heureusement qu'il n'y avait pas eu de conducteur dans la jeep.

A l'orphelinat, je racontai tout à tante Hanna. Elle dit que Dieu nous avait sauvées et que je devais Le remercier dans mes prières. Je n'en étais pas aussi sûre qu'elle. Si j'étais morte et enterrée, quelle différence cela aurait-il fait ? Il me semblait souvent que j'étais de trop sur la terre. Maintenant, je ne craignais même plus les cercueils. Avec Ulla, nous étions allées si souvent au cimetière et nous étions passées calmement devant la chambre mortuaire. Il était interdit de courir dans le cimetière. Un panneau l'indiquait sur le mur de l'église. On ne pouvait pas non plus y faire de bruit. Je trouvais qu'il faisait bon être dans un cimetière, tout y était si tranquille.

Le lendemain, nous lûmes dans le journal local un article sur l'accident. Il avait été provoqué par de jeunes garçons qui avaient décidé de voir la jeep dévaler l'escarpement à toute vitesse. Ils avaient libéré le frein à main et poussé la voiture...

Nous allâmes souvent avec tante Hanna à la cueillette aux baies dans la forêt. Le trajet était d'une dizaine de kilomètres. Nous le faisions dans un camion du bourg. Il allait chercher du sable fin dans une carrière située à proximité de la forêt. A l'aller, le plateau était vide, il était plein au retour. Le matin, le camion s'arrêtait au bas de la côte de l'orphelinat et nous l'attendions à l'endroit où j'avais autrefois attendu l'autocar et maman, qui n'était pas venue.

Tous portaient des bottes montantes en caoutchouc à cause des serpents, et avaient à la main des cornets pour la cueillette. Tante Hanna emportait deux énormes paniers, dont l'un contenait nos provisions : des sandwiches et du lait. Les myrtilles abondaient partout cette année-là. Nous vîmes peu de serpents, ils s'enfuyaient sans doute à notre arrivée. En revanche, il y avait dans la forêt beaucoup de petites fourmis brun sombre, qui venaient parfois brûler notre peau. Nous éprouvions de violentes démangeaisons qui persistaient longtemps. Les baies étaient si abondantes que nous en récoltions un litre en restant presque à la même place, sur quelques mètres. Ensuite, nous dévorions les succulents sandwiches au jambon dans la forêt et nous buvions le lait.

La paniers se remplissaient de myrtilles dans l'après-midi et nous rentrions à bord du camion. Nous nous hissions sur le chargement de sable. J'espérais que le chauffeur se souviendrait un peu de notre présence, mais il conduisait à toute allure. Peut-être le faisait-il exprès. Les autres enfants trouvaient cela très amusant. J'avais du mal à me maintenir sur le sable. En plus, à cause de la vitesse, celui-ci nous volait dans les yeux. Heureusement, les myrtilles étaient en sûreté dans la cabine avec le chauffeur et tante Hanna.

A part cela, ces excursions nous plaisaient beaucoup. Nos doigts et nos bouches étaient noircis par les myrtilles, parfois aussi nos orteils, car il tombait toujours malencontreusement des baies dans les bottes et nous les écrasions avec nos pieds sans nous en rendre compte.

Plus tard, nous fîmes de semblables voyages pour aller récolter des airelles rouges. Elles étaient plus faciles à cueillir, car elles se présentaient en grappes. En outre, elles avaient une peau plus épaisse que les myrtilles et ne s'écrasaient pas aussi facilement dans nos mains. Par endroits, le sous-bois était rouge d'airelles : c'était très beau.

A l'orphelinat, nous pilions les airelles dans de grandes cuves avec des gourdins en vue d'en faire, pendant l'hiver, différents usages. Et l'habitude voulait que chaque élève emporte deux litres d'airelles à la cantine de l'école.

Cet automne fut particulièrement pluvieux. Ce fut donc aussi une bonne année à champignons. Nous allions les cueillir dans la forêt. Nous fîmes des concours de bolets. Les chanterelles abondaient. A cause de leur couleur claire, on les apercevait de loin. Les champignons étaient épluchés et lavés avec soin à l'orphelinat. Pour l'hiver, on les mettait dans des bocaux, qu'on déposait sur des étagères de la cave. La sauce aux champignons était si bonne, avec la purée de pommes de terre...

Les feuilles des arbres commençaient à changer de couleur. Elles étaient jaunes, moutarde, rouille, rouges, toutes plus belles les unes que les autres. Ensuite, elles se mirent à tomber et il y en eut partout. C'était agréable de marcher dans la forêt parmi les feuilles, les bottes aux pieds. L'automne était calme, les oiseaux ne chantaient pas, seules les feuilles bruissaient sous les pas. Une feuille de plus tombait, se joignait aux autres.

Cet automne-là, la balançoire de Marja fut enlevée. Peut-être la rangea-t-on pour l'hiver dans une resserre. Je souhaitais ardemment qu'on ne la réinstallât jamais. Elle était liée à trop de douloureux souvenirs.

Je pensai au Dieu de tante Hanna et aux adultes. Les adultes étaient si différents. Ils avaient leur monde à eux, où nous, les enfants, nous ne trouvions pas vraiment notre place. Je trouvais les adultes bien complexes.

Un jour, une fille de la classe supérieure raconta que maman était devenue directrice du foyer de vieillards. Comment était-ce possible ? Le foyer de vieillards se trouvait à un kilomètre seulement de l'orphelinat. Nous l'avions tout le temps devant nous. Seuls quelques champs séparaient les deux maisons. Tous les soirs, on passait devant le foyer de vieillards quand on ramenait à la laiterie sur un tombereau le gros bidon vide. Chacun des plus grands enfants de l'orphelinat s'en chargeait à son tour. Le lendemain matin, le camion de la laiterie déposait le bidon plein de lait au bord de la route conduisant à l'orphelinat, au bas de la côte. La cuisinière allait le chercher avec le plus grand des garçons.

La laiterie se trouvait derrière le foyer de vieillards et, pour s'y rendre, il fallait passer devant une grange déserte et un taureau irascible avec un anneau dans le museau. Il nous faisait peur. Le jour de la laiterie était déplaisant pour tous les enfants, mais maintenant j'aurais rapporté le bidon tous les jours juste pour voir si maman était vraiment au foyer. Je n'osai pourtant pas demander d'en être chargée avant que vienne mon tour : on se serait étonné et chacun aurait parlé de mes affaires. Maman était-elle vraiment directrice du foyer de vieillards ? Pourquoi n'avait-elle pas plutôt voulu devenir directrice de l'orphelinat ? Comme nous nous en serions réjouis !

Mon tour vint enfin. J'avais attendu ce moment plusieurs jours. Je poussai le tombereau à vive allure. Et mon cœur battait au même rythme. Le taureau n'eut même pas le temps de se demander si j'avais peur de lui. En passant à la hauteur de la grange, j'aperçus de loin des gens dans le jardin du foyer de vieillards. Je courais presque avec le tombereau. En me rapprochant, je ralentis et examinai les personnes qui se trouvaient dans le jardin. Je les vis tout distinctement : c'était un groupe de femmes âgées qui cueillaient des tournesols avec de gros ciseaux. Maman n'était pas parmi elles. Je déposai le bidon et revins déçue à l'orphelinat. Ce jour-là, maman n'était pas dehors, mais la fois suivante je la verrais sûrement.

Le soir, j'observai de la fenêtre de ma chambre le foyer de vieillards et ses fenêtres allumées. J'essayai de deviner laquelle était celle de la chambre de maman. Ou bien dormait-elle de l'autre côté de la maison ?

Impatiemment, j'attendis mon tour toute la semaine. Le jour arrivé, j'étais navrée : le ciel était couvert de sombres nuages d'orage. Par un tel temps, personne, assurément, ne serait dans le jardin.

Il était six heures. Je me hâtais avec le bidon vers la laiterie. Je dépassai la grange. On ne voyait personne à l'intérieur. Tout près du foyer de vieillards, je distinguai quelqu'un qui se déplaçait dans le jardin : une infirmière en uniforme bleu était dans la cour. Elle mettait à l'abri les coussins des chaises de jardin et des balançoires en prévision de la pluie. Maman restait invisible.

Sur le chemin du retour, je fus surprise par la pluie. Les éclairs jaillirent, il tonna. Je courus avec le tombereau. Mes cheveux étaient trempés avant que j'atteigne l'orphelinat.

Le soir, je contemplai le foyer. Tout y était sombre. L'électricité avait sûrement été coupée à cause de l'orage. C'est ce qu'on avait fait à l'orphelinat.

Les trajets vers la laiterie étaient restés sans résultat. Pas le moindre signe de maman. Peut-être la nouvelle était-elle fausse. Je me hasardai à parler à la cuisinière. Elle me dit que maman était bien directrice d'un foyer de vieillards, mais elle était incapable de préciser lequel. J'allai méditer sous mon arbre. Ce foyer de vieillards était sûrement situé dans un autre point de la région, car, si maman avait été près de moi, elle aurait naturellement pris contact avec ses enfants. Les questions s'entrecroisaient douloureusement dans ma tête.

Le soir, je priai avec ferveur, avouant tout ce que j'avais fait de mal : j'avais tiré les cheveux d'Elina après une dispute, j'avais mangé en cachette des pommes du jardin et j'avais pris un petit pain de plus que les autres samedi après le sauna, quand c'était mon tour de les distribuer. En outre, j'avais descendu la rampe à califourchon. C'était rigoureusement interdit : c'était dangereux et cela usait les vêtements. Malgré tous mes péchés, il me semblait que j'avais quand même droit à un peu de bonheur.

Quelques semaines plus tard, l'une des filles dit à l'école que maman n'était plus directrice du foyer de vieillards. Elle avait démissionné, offensée d'avoir été accusée par le conseil de surveillance d'avoir dépensé trop d'argent pour la nourriture des pensionnaires. La fille me dit que ceux-ci aimaient beaucoup maman. C'était évident : qui pouvait ne pas l'aimer ?

A cette époque, je me mis à me revolter contre tout. Personne n'avait de réponse aux questions que je trouvais importantes. Je tâtonnais dans le vide.

Le soir, j'observai de la fenêtre le foyer de vieillards. De loin, on aurait dit une prison. Je n'en avais jamais vu, mais j'imaginais qu'une prison ressemblait à cela.

C'était de nouveau mon tour d'aller à la laiterie. La peur du taureau m'avait reprise, plus forte que jamais, et la grange semblait terriblement déserte, mais il n'y avait pas d'autre chemin : on ne pouvait pousser à travers champs le tombereau chargé d'un lourd bidon. Il m'était complètement égal qu'il n'y eût personne dans le jardin du foyer de vieillards. Je ne regardai même pas la maison.

Tante Hanna commença à s'inquiéter pour moi. Elle avait remarqué mon découragement et m'assaillait de questions. Finalement, je lui parlai de mon chagrin et de mes interrogations désespérées. Comme toujours, elle eut des paroles consolatrices, mais elle ne parla plus d'espoir, elle comprenait que ç'aurait été vain.

Nous étions installés autour d'une grande table et nous suivions la retransmission du service divin. Je n'ai toujours pas compris comment une étagère aussi petite pouvait porter un aussi gros poste de radio. Ce jour-là, je décidai de ne pas prier. J'étais arrivée à la conclusion que Dieu, au bout du compte, n'existait pas, puisqu'il n'avait rien fait pour m'aider. Je décidai aussi de ne plus pleurer. Tout était de plus en plus confus. Quand j'interrogeai tante Hanna sur le foyer de vieillards, elle resta muette.

J'eus douze ans. J'étais déjà une grande

fille, mais mon monde restait petit et mes connaissances limitées. C'était un jour comme les autres. Personne ne se souvenait de moi. Je n'attendais plus de carte de maman. Ce serait s'exposer à une déception, puisque cette carte ne viendrait pas, de toute façon. Je commençai à craindre que maman m'ait oubliée. Quelle était cette force qui l'empêchait de m'écrire, ne fût-ce qu'une carte à l'occasion de mon anniversaire ?

Ce fut une nouvelle fois la fin de l'année scolaire. Papa souhaita qu'à l'automne je sois mise au lycée, puisque mes notes étaient bonnes. Même si les candidats abondaient, il y avait peut-être une place de libre. Tous les élèves attendaient l'examen d'entrée avec impatience. Moi-même, j'en rongeai mes ongles. J'étais certaine que j'allais échouer. Je me faisais croire qu'en fait je ne souhaitais pas accéder à l'enseignement secondaire, même si papa essayait de m'en démontrer l'utilité pour plus tard, quand il me faudrait choisir un métier : j'avais parfois déclaré que je voulais devenir pédiatre.

La première question de géographie me

donna à réfléchir : que devenait l'eau de pluie ? Une partie s'évapore, l'autre va dans la terre, répondis-je. Je trouvais cette question bien stupide. Je fus pourtant heureusement surprise par le résultat de l'examen : j'étais parmi les élus. Papa était content. Je pensai à Ulla : nous n'irions plus à l'école ensemble, elle avait échoué à l'examen. J'avais perdu Laila, maintenant je perdais aussi Ulla. Je n'avais plus d'amie.

Les cours commencèrent. C'était étrange, car tout le monde m'était inconnu. L'un des élèves avait raconté aux autres que j'étais une enfant de l'orphelinat. On aurait dit qu'ils me regardaient tous avec pitié. J'étais marquée dès le jour de la rentrée.

Le trajet de l'orphelinat au lycée était d'un kilomètre environ. La route franchissait un pont qui enjambait une rivière. Il était plaisant de s'arrêter sur le pont, on voyait parfois des canards. Mais le lycée n'était pas amusant. J'étais toute seule au milieu de centaines d'enfants.

J'eus une otite. Il fut question de me percer le tympan, mais heureusement cela me fut épargné grâce à tante Hanna. Elle me mit dans l'oreille du coton imprégné d'huile chaude.

Un jour, l'une des élèves du lycée se rapprocha de moi. Son nom était Kaarina. Une fille douce et gentille et une très bonne élève. Elle me proposa de sauter à la corde avec elle. Je savais que son père était le médecin du bourg et je me rappelai sa voiture noire que j'avais vue de nombreuses fois sur la route lorsque j'attendais l'autocar et maman. Je ne pouvais plus aller à l'embranchement des routes : l'autocar ne passait plus qu'une fois par jour devant l'orphelinat et à ce moment-là j'étais au lycée.

Une fois, papa nous envoya un gros colis qui contenait pour mon frère un imperméable en popeline et une casquette assortie et, pour moi, un manteau vert et un chapeau en feutre de la même couleur, qui avait les bords recourbés. Tante Hanna me dit que le vert était la couleur de l'espérance.

J'attendis avec impatience le moment d'aller à l'école avec ce manteau et ce chapeau. Ce jour-là, Kaarina me dit que j'étais bien habillée. J'en fus heureuse, je ne jurais plus sur les autres élèves.

Nous envoyâmes une lettre de remerciement à papa. Je lui demandai par la même occasion une paire de chaussettes blanches mi-longues, les mêmes que j'avais vu à Kaarina sur la photo de la classe. Mon frère ne demanda rien. Il était ainsi fait.

Nous fûmes autorisés à aller avec la cuisinière dans la cave. C'était une cave immense et divisée en trois parties. La première abritait des fruits, beaucoup de pommes et toutes sortes de bocaux de confitures contenant des fraises, des cerises, des framboises et des baies noires et blanches. Les étagères étaient garnies de bouteilles de jus de fruit. Les cuves posées par terre contenaient des airelles pilées. Je me rappelai nos joyeuses cueillettes de baies, les trajets sur le camion du bourg. Le chauffeur roulait si vite, j'avais si peur de tomber de son chargement de sable... Des bocaux enfermaient aussi de la courge coupée en petits morceaux. On la cultivait derrière la porcherie, sur un tas de fumier, de même que les cornichons baignant dans l'eau salée avec du fenouil, dans des pots.

La deuxième cave contenait les légumes : les carottes, les choux-raves, les betteraves rouges et beaucoup de pommes de terre. Le champ de pommes de terre de l'orphelinat était très vaste, c'était un jeu de les déterrer. C'était comme une chasse au trésor.

La troisième partie renfermait les bacs à champignons. Il y avait aussi un jambon enroulé dans un drap blanc et, par terre, un saloir à viande de porc. Celle-ci était recouverte de lourdes dalles pour ne pas remonter à la surface, où elle se serait abîmée. La cuisinière nous donna à chacun une pomme rouge et referma la porte avec soin. Les clés de la cave étaient rangées dans le bureau de la directrice. Jamais de ma vie je n'avais vu tant de bonnes choses à la fois.

Je me rappelle le départ de l'orphelinat de Kristiina, la plus grande des filles. Elle fut placée comme servante dans une famille qui habitait hors du bourg. Je ne la regrettai pas trop, car, plus petite qu'elle, j'avais toujours dû la servir, et laver notamment son linge le plus sale. En contrepartie, elle me donnait du sucre. Je pensais parfois qu'elle l'avait peut-être volé. J'étais aussi la seule fille de l'orphelinat avec laquelle Kristiina partageait ses secrets. Par deux fois, elle était sortie la nuit, par la fenêtre et l'échelle d'incendie. Nous dormions alors dans la même chambre. J'ignorais où elle allait, mais elle rentrait très tard. Parfois, elle me demandait de venir dans son lit, car elle avait peur. Je ne le fis jamais : je n'avais pas envie de dormir avec elle.

Nous n'étions plus que trois grandes filles. Elina, Liisa et moi. C'étaient de bonnes filles.

J'aimais beaucoup Liisa, d'une manière un peu particulière. C'était la seule fille qui m'intimidait quand nous nous déshabillions dans le sauna. Je souhaitais pourtant qu'elle me lavât le dos. Elle était d'une tendresse extraordinaire. Quand elle me lavait les cheveux et les tressait, j'avais chaud et je me sentais en sécurité. Je souhaitais dormir dans la même chambre que Liisa, mais on ne nous mit jamais ensemble.

Une fois, avec Elina, nous portâmes mes chaussures montantes chez le cordonnier. Celui-ci était l'ami de sa mère, ils habitaient ensemble. Cette fois, le cordonnier était seul à la maison. Mais Elina n'en parut pas chagrinée. Le cordonnier promit que les chaussures seraient réparées très vite, puisque j'étais l'amie de la fille de son amie.

Nous retournâmes chez le cordonnier. La mère d'Elina y était cette fois. Nous nous assîmes un moment pour bavarder. Je pensai à ma propre mère et cela me fit mal. J'admirais Elina, et je la trouvai courageuse : quand nous dûmes partir et dire au revoir, elle ne pleura pas. Moi, je n'étais pas si courageuse. Je me rappelais comme je pleurais chaque fois que je me séparais de maman, tant qu'elle venait encore nous voir. Il est vrai que

Liisa n'habitait qu'à cinq cents mètres de sa mère. En outre, elle savait pourquoi elle et son petit frère Kaleva ne pouvaient habiter à la maison : le logement était trop petit, il n'y avait qu'une pièce, qui servait d'atelier de travail au cordonnier ; c'était là aussi qu'ils dormaient et faisaient la cuisine. Je pensai que, tout l'été, j'avais transporté le bidon de lait vers le foyer de vieillards sans que ma mère me fît jamais signe. Oui, Elina avait de la chance. Nous nous rendîmes souvent chez le cordonnier.

Un jour, nous, les grandes filles, allâmes chez la couturière, qui habitait le bourg. Elle prit nos mesures avec soin, par deux fois. Sur la table, je vis une large pièce de tissu qu'elle venait d'acheter. C'était du coton à carreaux bruns et blancs. Nous aurions de nouvelles robes, à nos mesures.

Lors de l'essayage, je fus couverte d'épingles à têtes de toutes les couleurs. J'en avais devant et derrière, en haut et en bas. Je ne pouvais bouger, sans quoi la couturière me piquait. Elle était pressée, elle voulait que nous ayons nos robes vite. Nous étions ravies de notre côté d'avoir de nouveaux vêtements du dimanche.

Une semaine plus tard, nous courûmes

chercher les robes. Ce fut pour moi un grand événement. Nous étions toutes tendues. Comment étaient-elles ? La mienne avait un col rond et blanc et des manchettes blanches, mais j'étais déçue : sur la poitrine, elle avait cousu un gros bouton blanc. Les robes des autres filles avaient tout un rang de petits boutons blancs. Je trouvais cela beaucoup plus joli. J'interrogeai du regard la couturière. Elle répondit que, puisque j'étais différente des autres, il me fallait aussi une robe différente. Je ne compris pas ce qu'elle voulait dire. Je ne voulus pas la questionner davantage, cela l'aurait peut-être froissée. Mais je décidai d'ôter très vite ce bouton.

Je me rappelais ma robe à moi, cette longue et belle robe que maman m'avait donnée quand j'étais toute petite. Celle qui était trop élégante pour une enfant de l'orphelinat. J'ouvris l'armoire : la robe y était toujours. Je découpai la fleur de la poitrine. Elle était faite de la même soie que la robe. Je mis la fleur sous mon oreiller.

A ma grande surprise, la poste déposa un nouveau colis pour moi. Il contenait un grand album. Il n'y avait ni lettre ni carte dans le colis. Je me demandai qui avait pu me l'envoyer. Je feuilletai l'album. La dernière page révélait l'identité de l'expéditeur. On y lisait : « Celui qui écrit sur la dernière page aime le plus Sirkku. Papa. » Gentil papa, il se souvenait de nous, mais maman me manquait.

Je proposai le livret en premier à tante Hanna. Elle y écrivit : « Tu es l'agneau de Dieu. Il te protège et te guide vers Lui. »

Liisa colla une image avec une demi-pomme de terre cuite. A côté, elle écrivit : « Il y a trois branches à l'arbre du bonheur, la foi, l'espoir et l'amour. Je te donne l'un des trois, l'amour par exemple. » Nous étions dans le grenier, nous décrochions de la corde le linge qui y séchait. Quand la grande corbeille à linge fut pleine, Liisa s'approcha de moi et me mit ses bras autour du cou. « Sirkku, je t'aime bien. » Elle était maintenant ma meilleure amie.

Les cours de finnois étaient les plus agréables au lycée. Notre professeur se prénommait Jussi, et c'est ainsi que tout le monde l'appelait. Il était grand, mince et avait les cheveux gris. Je ne l'ai jamais dit à personne, mais je m'étais éprise de lui. Pour cette raison, je faisais mes devoirs de mon mieux, si bien que j'obtenais presque toujours dix sur dix.

Un jour, je devins franchement jalouse. La

femme de Jussi était venue le chercher à la fin des cours. Jussi prit son épouse par le bras et ils partirent ensemble. Je restai à ma place. Comme cette femme était heureuse ! Moi, je ne voyais Jussi que trois fois par semaine. J'étais sûre que c'était sa femme qui lui coupait les cheveux trop courts.

Naturellement, je proposai mon album aussi à Jussi. Il y écrivit : « Sirkku, ne laisse pas les autres t'entraîner vers le mal. Que les autres le fassent n'atténue pas ta faute. Le 19 mai 1949, Jussi. » Il colla à côté une image représentant un petit terrier ; le chien avait dans les pattes un bouquet de fleurs. C'était pour moi un cadeau précieux. Je rougis en reprenant l'album.

J'aimais aussi les cours de sciences naturelles, mais pas pour la même raison que les cours de finnois. Les excursions étaient toujours très agréables. Nous cueillions des plantes, nous marchions à travers champs et bois. Nous nous amusions beaucoup. J'aimais la nature, je trouvais que c'était quelque chose de magnifique. En hiver, les branches étaient nues, au printemps les bourgeons sortaient et en été les arbres étaient tout luxuriants. Quel plaisir de marcher dans la forêt ! Dans les champs, c'est autre chose : on ne savait jamais ce qu'il y a derrière les talus ou dans les fossés.

Mon herbier renfermait à la fin près de deux cents espèces. J'appris par cœur leurs noms, car ces appellations latines étaient difficiles à retenir. Je les ai toutes oubliées.

De nombreux élèves collectionnaient aussi les insectes, les papillons et les petits animaux. Moi, je ne les aimais pas sous cette forme. Ils étaient beaux dans la nature. J'avais toujours particulièrement aimé les libellules, leurs extraordinaires ailes translucides et le petit bruit qu'elles faisaient en volant. Il était barbare de mettre les papillons dans des bocaux en verre où les pauvres cherchaient la sortie avant d'être suffoqués par l'éther. Qui pensait aux souffrances qu'ils enduraient peut-être avant de mourir ?

Une fois, une fille du lycée me raconta que l'un d'eux vivait encore après qu'elle l'eut transpercé d'une épingle et mis dans sa boîte. Il s'était soudain mis à remuer ses pattes. L'éther était éventé, sans doute. Il me sembla que quelqu'un m'avait transpercée avec une épingle.

« Aujourd'hui commence une longue période de découragement. J'ai envie de me révolter contre tout. Mais comment ? Ma foi vacille. Il se passe tant de choses incroyables, inexpliquées comme cette histoire de foyer de vieillards. Maman y était-elle vraiment ? Ou bien était-elle ailleurs ? Au bourg ou en ville ? Elle n'est pas non plus dans le magasin de cercueils. Pourquoi personne ne peut me dire la vérité ? »

J'étais comme un insecte dans un bocal. Même le lycée m'était pénible, où pourtant j'obtenais de bons résultats. Je ne comprenais pas pourquoi il fallait tant ressasser les choses avant de les retenir. Les autres semblaient apprendre leurs leçons facilement, comme si la chose allait de soi.

« Aujourd'hui, on m'a fait une belle page à mon album. L'auteur en est notre professeur d'anglais. Sur l'image, on voit une jeune fille qui a une colombe blanche sur l'épaule. A la main, elle porte un lys et à ses pieds pousse un myosotis, ma fleur favorite. Il a écrit : " Cher trésor, enfant du printemps. Allègre comme la coccinelle, si vive, si douce. Tu grandis comme la fleur quand l'aube chatoie et les papillons voltigent sur les champs et chante l'hirondelle. Ne te fourvoie ni ne te satisfais de la vanité, ses fleurs fanent vite ; reste le vide au cœur. Tu es sur le chemin de Dieu, le ciel t'appartient. Tu fais la joie des anges, tu es leur sœur. " »

La page était bien belle, mais un petit détail me fit un pincement au cœur : le poème contenait le prénom de ma mère.

Le père d'Ulla est venu abattre deux cochons dans la porcherie de l'orphelinat, comme tous les automnes. La porcherie se trouvait dans la même annexe que la cave, la resserre à bois et la boulangerie. L'abattage eut lieu derrière la resserre à bois. Pendant ce temps, nous restâmes à l'intérieur.

Nous eûmes du boudin au dîner. Il était peut-être bon, mais je ne l'appréciai pas, bien que je me sois forcée à penser à autre chose qu'aux petits porcs avec le sang desquels il avait été fait.

Le lendemain, tante Hanna écrivit sur un bout de papier l'adresse où nous devions, Elina et moi, porter les cuisses de porc pour les faire fumer pour Noël. La viande était lourde, enveloppée dans du gros papier. Personne ne pouvait deviner ce qu'il y avait dans cet emballage. Nous nous arrêtâmes à diverses reprises sur le bord de la route pour souffler. Nous prenions ainsi un instant de repos chaque fois qu'une voiture passait trop vite à notre hauteur, laissant derrière elle un grand nuage de poussière.

Une image jaillit encore du passé. Mais Elina restait joyeuse et son rire était contagieux. Elle s'imaginait que les paquets allaient s'ouvrir en cours de route et me contraignit à rire aussi.

L'orphelinat paraissait vide sans mon frère. Avec deux autres garçons, il avait été emmené à l'hôpital : il avait attrapé la coqueluche. J'allai leur rendre visite avec tante Hanna. Nous leur apportâmes des pommes rouges. Mais, quand nous les aperçûmes à travers une cloison vitrée, nous eûmes du mal à leur donner les pommes. L'ouverture dans la cloison était située trop haut. Nous jetâmes les pommes une à une. Elles retombaient souvent par terre et les garçons riaient beaucoup. Ils ne donnaient pas l'impression d'être malades. Le retour fut pourtant silencieux, j'avais la gorge serrée. Je me calmai quand tante Hanna me dit : « Ne t'inquiète donc pas, on ne meurt pas de la coqueluche. »

Papa téléphona souvent pour demander des nouvelles des malades. En même temps, il souhaita savoir ce que nous voulions pour Noël. J'avais le sentiment d'être mendiante, mais j'admis enfin que j'avais envie d'un tablier blanc avec une poche. Comme toujours, mon frère ne demanda rien. Il se satisfaisait de tout, de n'importe quoi, mais moi je voulais quelque chose de beau. J'avais envie d'un tablier avec un bord en dentelle. L'une des employées de l'orphelinat en avait un qu'elle ne portait que le dimanche. Papa promit le tablier et annonça qu'il abonnerait mon frère à un journal d'enfants pour un an.

Vint l'hiver. Encore un hiver. Et nous étions toujours à l'orphelinat. Je m'étais habituée à cette vie, mais maman occupait toujours mon esprit, elle me suivait partout comme une ombre. A cette époque, j'étais souvent mélancolique.

Il neigea, Elina et moi, nous allâmes rechercher les jambons fumés. Ils étaient bien empaquetés, cette fois-ci, dans un vieux drap blanc. Nous les déposâmes sur un traîneau que nous tirâmes ensemble. Nous parlions joyeusement de tout. A l'automne, les jambons avaient été lourds à porter, mais sur le traîneau ils semblaient tout légers. Il y avait beaucoup de neige, cet hiver-là. Sur le bord de la route, repoussées par le chasse-neige, les congères avaient au moins deux mètres de haut. Soudain, le traîneau buta et les jambons se mirent à rouler sur la route. Nous

nous jetâmes dans la neige à force de rire. Puis nous remîmes les jambons sur le traîneau et, cette fois, nous les attachâmes avec la ceinture d'un de nos manteaux. Jusqu'au terme du voyage, ils restèrent gentiment en place. Quand la cuisinière demanda pourquoi les paquets étaient humides, nous éclatâmes de nouveau de rire.

Comme il y avait beaucoup de neige, nous allâmes à l'école à ski. C'était amusant de changer. Parfois, j'avais un peu froid, car je ne possédais toujours qu'une moufle. Je craignais continuellement que quelqu'un trouve l'autre sous les toilettes et ne révèle que j'avais omis de signaler sa disparition. Finalement, le trou fut nettoyé, personne ne parla de la moufle et je soupirai de soulagement. Cartable au dos, nous skiions le long du fossé, où l'on avait tracé une piste. Je tombai une fois dans la pente abrupte de l'orphelinat, le cartable s'ouvrit et les livres furent mouillés. J'eus très peur sur le moment, puis je les séchai en toute tranquillité

Les jours fériés, nous faisions parfois des promenades à ski loin dans la forêt. Nous emportions des provisions dans un sac ; nous pouvions ainsi nous absenter toute la journée. Parfois, nous skiions jusqu'à l'endroit où, durant l'été, nous allions cueillir des baies à bord du camion du bourg. La forêt était silencieuse et belle. Les branches des arbres se courbaient sous le poids de la neige. Une couche de neige fraîche recouvrait toujours les traces de skis laissées le dimanche précédent, mais Heikki, un garçon de l'orphelinat, nous ouvrait une piste et nous nous contentions de suivre ses traces. Heikki était le frère de Hilkka. Nous ne nous disputions jamais, Hilkka et moi, comme avec Elina. Nous n'évoquions pas non plus nos affaires familiales, de sorte que j'ignore pourquoi ce garçon et sa sœur étaient à l'orphelinat depuis des années. Hilkka était sage et docile. Moi, je commençai à devenir un peu égoïste. J'essayais toujours d'obliger les autres à faire ce que je voulais, j'oubliais que personne ne peut avoir toujours raison.

Souvent, en rentrant d'une promenade à ski, nous faisions un détour par chez Ulla. Toute la famille était à la maison et la mère d'Ulla nous servait du lait chaud. En forêt, nous aperçûmes de loin de nombreux lièvres, mais, quand nous nous approchions, ils disparaissaient dans leurs cachettes. Nous faisions sans doute trop de bruit.

Le surveillant de notre classe écrivit dans

mon album : « La joie de vivre est brisée, brisée comme les enfants. Certains peuvent jouir du bonheur, d'autres n'en ont même pas des bribes. » C'était beau, mais cela me fit mal. J'avais déjà pensé ainsi depuis des années. Je commençais à être inquiète. Noël approchait. Qu'apporterait-il ? Quelles déceptions ?

Les préparatifs de Noël commencèrent à l'orphelinat. Une fois encore. Moi, je n'attendais nullement Noël, je savais que papa ne pourrait venir nous voir. Les voyages en chemin de fer coûtaient cher, disait-il. Mon frère eut bien son abonnement et moi le beau tablier blanc à bord de dentelle que j'avais souhaité. Autrement, ce Noël passa dans une atmosphère de mélancolie. Commença une nouvelle période triste. Je ne reçus aucune nouvelle de maman et la vie me parut désespérée. A la messe de Noël, on répéta que le Sauveur était né et tante Hanna lut un passage de la Bible. J'avais attendu, mais maintenant mon dernier espoir s'évanouissait. J'eus même la tentation de ne plus jamais prier.

Nous admirâmes pourtant nos cadeaux de Noël. Elina avait reçu une robe en tricot, mais elle était ajourée de partout, de sorte qu'il fallait mettre par-dessous une autre robe de même couleur, autrement on voyait son caleçon de laine et les bretelles sombres de son soutien-gorge. Les autres enfants reçurent des jouets. Mon tablier était le plus beau que j'aie jamais vu et il avait une poche, mais je ne pouvais y mettre la main : elle était petite et j'avais de trop grandes mains. Mais ça ne faisait rien : les petits ciseaux et leur étui y trouvèrent exactement leur place.

A la veille du Jour de l'An, nous fîmes fondre de l'étain. Il paraît qu'on peut ainsi prévoir ce qui arrivera au cours de l'année nouvelle. Nous fîmes fondre le métal dans une grande louche sur l'âtre de la cuisine, puis nous le fîmes tomber dans un seau d'eau froide où il prenait les formes les plus diverses. Mon bout d'étain se gonfla en une étrange boule : une pelote de laine dont les brins se seraient mélangés. La surveillante dit que cela laissait prévoir des rentrées d'argent. Mais je me moquais bien de l'argent. Pour moi, l'étain représentait ma tête où les pensées s'entrecroisaient et s'entrechoquaient. Au deuxième tour, je laissai la louche à mon voisin, je voulais aller me coucher pour rêver, j'étais triste. Avant de me mettre au lit, je regardai par la fenêtre. La nuit était tombée, le ciel était plein d'étoiles scintillantes, mais je ne trouvai plus la mienne, l'étoile polaire.

Après une longue interruption, je me remis quand même à prier. Dimanche, à l'église, le prêtre répéta les mots de tante Hanna : « Dieu n'oublie ni les pauvres ni les malades. » Je priai pour tous tous les soirs. J'y ajoutai maman, papa, mon frère et tante Hanna, tout le personnel et tous les enfants de l'orphelinat, mes professeurs et cet enfant vu à la raffinerie de sucre, avec son affreuse maladie. Et aussi tous les pensionnaires du foyer de vieillards. Beaucoup d'entre eux ne marchaient pas bien, devaient s'aider d'une canne. J'avais pitié d'eux. Mais j'avais la chance de ne pas être infirme, j'étais en bonne santé et je devais en être reconnaissante et heureuse. La beauté était une autre affaire. Hormis mes belles nattes, j'étais laide, je grandissais trop, et, de plus, j'avais sur le bras gauche de vilaines cicatrices de vaccination. Trois taches claires de la taille d'une empreinte de pouce. Au lycée, les filles me regardaient longuement pendant les cours de gymnastique, car elles n'avaient que de petites traces de vaccin sur les cuisses. Quelqu'un m'avait dit que, parce que j'étais une enfant de l'orphelinat, le médecin n'avait pas voulu se baisser et m'avait vaccinée au bras, restant assis sur sa chaise. J'en étais très affectée. Les enfants étaient cruels. Je décidai que l'été suivant je ne me montrerais pas en maillot de bain, sauf dans la cour de l'orphelinat où personne n'y prêtait attention. Par la suite, je n'ai jamais porté de vêtements sans manches.

Vinrent les vacances de Pâques. Nous allâmes cueillir des branches de saule sur le bord de la voie ferrée. Nous en faisions de grandes bottes. Nous revenions à l'orphelinat par les chemins, car, à travers champs, la neige était trop molle et nous nous y enfoncions. Nous suivions le bord de la voie. Il faisait beau. Le soleil luisait sur la neige, nous aveuglant. Elina avait de vraies lunettes de soleil, que nous lui empruntions à l'occasion. Les champs étaient blancs mais, au bord de la voie, la neige était sale, presque noire. Nous nous approchions d'un passage à niveau quand l'une des filles poussa un cri : il y avait du sang sur la voie. Nous vîmes aussi de longs cheveux. Nous restâmes figées d'effroi. D'où venaient ces cheveux ? Nous rentrâmes, toutes saisies.

Durant l'après-midi, on nous informa de ce qui était arrivé. Il s'agissait d'un accident. Anna, une fille des classes supérieures, était passée sous un train. Le train s'était arrêté, mais trop tard. Les enfants racontèrent qu'Anna avait été tellement mutilée qu'on avait retrouvé sur la voie des membres sectionnés. Puis on parla d'autre chose. Tout redevint normal. Moi, je tombai malade, je vomis. La nuit, je ne dormis pas. Je m'imaginais le corps de la fille, les membres coupés. Je ne comprenais pas. Pourquoi ? A la hauteur du passage à niveau, la visibilité était parfaite. De plus, le train faisait beaucoup de bruit en arrivant. Je ne crus pas qu'il s'agissait d'un accident. Anna s'était peut-être jetée sous le train. Mais pourquoi voulait-elle mourir si jeune ?

Mes mains tremblaient. Je ne fis mes devoirs que petits bouts par petits bouts. J'avais l'impression d'avoir des fourmis dans le ventre.

Finalement, il me fut impossible de lire. Je ne pouvais plus faire du tout mes devoirs. La mort d'Anna me bouleversait. Le sang et les cheveux me revenaient sans cesse à l'esprit.

Ne dormant pas la nuit, j'étais exténuée. Tante Hanna me dit que j'avais les nerfs en mauvais état. Elle avait raison. La mort d'Anna ne cessait de me revenir à l'esprit, je ne pouvais comprendre que les autres enfants fussent si indifférents, comme si rien n'était arrivé.

On commença alors à m'administrer une cuiller d'huile de foie de morue avant le petit déjeuner. Ce n'était pas bon. Mais, un mois plus tard, je m'étais habituée à l'huile de foie de morue. Je me mis à aller mieux.

Les préparatifs de Pâques commencèrent à l'orphelinat. La cuisinière faisait toujours du « mämmi » en quantité. Dans des récipients en bouleau, la pâte fut placée sur les étagères du réfrigérateur. L'envie était forte d'y plonger le doigt et de goûter.

Nous peignîmes à la gouache des œufs durs. Malgré mes efforts, je ne parvins pas à peindre des myosotis. Ils étaient moins réussis encore que les fleurs que j'avais faites pour maman. Des points bleu clair apparurent sur l'œuf et finalement il devint complètement bleu clair. Les autres enfants étaient de vrais artistes. Ils couvraient les œufs d'entrelacs, de boucles, de campanules, de n'importe quoi. Nous colorâmes aussi des plumes blanches de poules. Quand elles étaient sèches, nous en faisions des bouquets attachés avec du fil fin aux branches des rameaux pour décorer des poussins faits avec du coton. Nous confectionnions aussi de mignons petits lapins. Mais les branches de saule me rappelaient le passage à niveau.

Pâques allait être triste. Je le savais d'avance. Tout m'attristait, je ne pouvais me concentrer sur rien. Je craignais que mon abattement ne disparaisse jamais. Peut-être était-ce un mal congénital, comme l'affection cardiaque d'un élève ou bien la maladie de ce pauvre garçon qui tombait ?

C'était le vendredi saint. La cuisine exhalait une forte odeur de poisson. J'appris que c'était de la morue norvégienne, de la merluche. Mais pourquoi cette odeur était-elle si désagréable ? Le soir, nous allâmes au sauna et ensuite nous revêtîmes nos habits du dimanche. Le réfectoire était magnifiquement décoré. La grande table était recouverte d'un drap blanc sur lequel on avait disposé une nappe de papier aux motifs pascaux, pleine de poussins, de lapins et d'œufs entourés de beaux rubans. La cuisinière apporta le poisson. Aucun enfant ne l'apprécia, mais heureusement il était servi avec une bonne sauce et des pommes de terre bouillies. Je jugulai le malaise provoqué en moi par la seule odeur du poisson. Par chance, pour le dessert, il y avait ce très bon « mämmi » avec du sucre en poudre et de la crème.

Comme toujours, un silence total régnait dans le réfectoire. Personne ne bougeait ni ne parlait. On n'entendait que le bruit des fourchettes et des couteaux contre les assiettes. C'était un grand jour de fête sainte. Triste vendredi saint ! Après le repas, tante Hanna lut dans la Bible des pages se rapportant à Pâques, comme tous les ans autour de la grande table du réfectoire.

Jusque-là, les jours les plus tristes avaient été la fête des mères, Noël et mon anniversaire. Il me semblait maintenant que le plus triste était celui de cette interminable célébration pascale. Le vendredi saint, Jésus était crucifié comme tous les ans. J'éprouvais les douleurs de Jésus. Malgré moi, les larmes emplirent mes yeux quand tante Hanna lut dans la Bible : « Mon Dieu, mon Dieu ! Pourquoi m'as-Tu abandonné ? » Ces mots me rendaient toujours malade.

Aussi bonne que je fusse, il était trop tard. Jésus était crucifié, il souffrait, mourait et était enterré à cause de moi, comme le prêtre le disait tous les ans dans son sermon. C'était difficile à comprendre : je n'étais pas née à cette époque. Les événements pascaux de l'Ecriture étaient à mes yeux tristement injustes. Nous allâmes à l'église, puis nous écoutâmes les programmes de Pâques à la radio. Nous demandâmes à tante Hanna : Dieu a laissé crucifier l'homme le plus parfait du monde, Jésus, pour nous libérer... de quoi ? Elle prit un visage grave, mais nous ne reçûmes d'elle aucune réponse.

Pourquoi, par exemple, un aussi grand nombre d'enfants étaient-ils des orphelins ? Mon frère et moi, nous avions nos parents, mais pourquoi ne vivions-nous pas avec eux ? Je me remis à douter de la crédibilité de la Bible. Je me figurais que Dieu n'était qu'un personnage destiné à nous servir de modèle. Mais pourquoi Dieu haïssait-il les hommes ? Je ne croyais guère qu'à deux choses. La première était la réalité : ce qui existait autour de moi. Nous étions toujours là, dans cet orphelinat, je ne rêvais pas, c'était vrai. La seconde chose à laquelle je croyais était la bonté, sans laquelle l'homme ne pouvait vivre. Mais Dieu était-il bon ? Maman était inexplicable. Est-ce que maman était bonne ? Tante Anna essaya, mais en vain, de m'apaiser.

Le seul endroit où je pouvais réfléchir en paix était mon arbre dans le bois. Les oiseaux voletaient et les écureuils faisaient tomber des pétales de pommes de pin sur ma tête.

Avais-je contrarié tante Hanna ? En aucune façon elle ne l'avait mérité. Elle était bonne. Peut-être devrais-je lui demander pardon ? Mais ma fierté m'en empêchait. Je me trouvais déjà suffisamment grande pour avoir des opinions, y compris sur Dieu.

Tante Hanna avait sûrement passé une mauvaise nuit, car elle vint tôt le matin s'asseoir au bord de mon lit, comme elle l'avait fait le premier jour. Je dormais encore profondément quand elle entra dans la chambre et alluma le plafonnier. Elle dit qu'elle craignait pour mon esprit et ma santé. Elle faisait sûrement allusion à mes nerfs. Elle avait raison : ma foi vacillait plus que jamais après ces Pâques et je n'avais pas retrouvé mon équilibre depuis la mort d'Anna. Je n'avais aucun point d'appui. Tante Hanna me dit que j'étais trop jeune pour évaluer les choses. Elle voulait dire : d'un point de vue d'adulte. Mais j'étais d'un avis opposé. Plus je pensais et plus j'approfondissais les choses, plus sûrement j'entrevoyais que, de nous deux, c'était tante Hanna qui était la plus enfantine. Elle était déçue : elle avait cru que j'avais trouvé la paix en Dieu.

Dans l'après-midi, elle me fit prévenir que nous devrions nous retrouver un peu plus tard dans son bureau. Elle se remit à me sermonner et à expliquer que Dieu était tout-puissant et que Sa bonté à notre égard était infinie. Je ne comprenais pas : j'avais sollicité Sa bonté des années durant ; malgré cela, j'étais encore dans cet orphelinat. Les autres adultes voyaient les choses comme elles étaient. Par exemple, le professeur qui avait inscrit sur mon album : « Certains peuvent jouir du bonheur, d'autres n'en ont même pas des bribes. »

Comment les autres enfants de l'orphelinat pouvaient-ils paraître si contents et si joyeux ? Moi, je haïssais tout et tous à cette époque. J'étais plus révoltée que jamais. Mais cette révolte me donnait aussi un grand sentiment de culpabilité.

Tante Hanna m'emmena plus souvent aux réunions spirituelles de la maison paroissiale. J'étais la seule enfant présente, tous les autres étaient des adultes, plutôt âgés. Les réunions avaient lieu tard le soir, à neuf heures. J'étais toujours si fatiguée que, sur la fin, je ne me rappelais pas par cœur les derniers psaumes. Mais, avant, j'écoutais toujours docilement les propos du prêtre, car, sur le chemin du retour, tante Hanna avait l'habitude d'en discuter avec moi.

Il y avait réunion tous les soirs. Une fois, la fille du pasteur, qui avait mon âge, y vint, mais elle semblait perdue dans ses pensées et je remarquai qu'elle compta plusieurs fois les boutons de sa veste. Il ne lui paraissait pas très important d'écouter ce que disait son père.

Tout ce que je fus appelée à entendre provoqua en moi de nouveaux conflits intérieurs. Je cherchais la vérité sans la trouver et souvent il me semblait que j'allais dans la mauvaise direction. La vérité semblait de plus en plus obscure. Tante Hanna était navrée de ce que je pensais et disais. Pour elle, tout était si clair : il suffisait de croire. Mais il se passait dans le monde tant de vilaines choses — pas seulement celles qui m'affectaient — qui me rendaient désespérée et me faisaient perdre ma foi.

Tante Hanna essaya, comme toujours, de m'expliquer que personne ne pouvait vivre sans Dieu. Je savais seulement que je ne pouvais vivre heureuse sans maman. C'est seulement par instants que tante Hanna parvenait à me rendre espoir.

Un jour, je la choquai profondément en lui montrant une phrase écrite sur mon album par une fille : « Il y a deux havres de paix où les vents ne doivent pas souffler, l'étreinte maternelle et le giron de la terre. » J'eus peur que tante Hanna ne soit définitivement fâchée avec moi.

Une fois encore, j'étais à la réunion des fidèles avec tante Hanna. Le prêtre parla des évangiles de Noël et répéta que le Sauveur était né. Quand Jésus viendrait-il me libérer de mon infortune ? Il y avait sept ans que j'étais à l'orphelinat. Sept ans sans ma propre mère.

Sur le chemin du retour, tante Hanna me tint serrée contre elle pour que je ne glisse pas, car la route était verglacée. Il y avait beaucoup de neige et il faisait froid, le ciel était plein d'étoiles. Soudain tout s'effondra : tante Hanna m'annonça qu'elle nous quittait. Elle dit qu'elle était remplie d'inquiétude. Elle avait peur de me laisser dans cet état d'esprit, si incertaine de tout. J'étais bouleversée, je serrais son bras et je pleurais. Elle avait été mon espoir et mon soutien. Auprès d'elle, en fin de compte, j'avais été en sécurité. Elle envisageait de partir aussitôt après Noël. Je regrettais sincèrement d'avoir été parfois dure avec elle, par mes doutes en son Dieu et en sa foi. Nous parlâmes longtemps dans sa chambre avant d'aller dormir. Puis je me remis à pleurer, j'étais prête à mourir. Je n'avais même pas imaginé que je la perdrais, elle aussi.

Noël arriva si vite, il était tout proche. Papa nous offrit à mon frère et à moi de nouveaux skis et des bâtons que tous les autres enfants nous envièrent. Je ne m'en réjouis même pas. Ce Noël était peut-être le plus triste de tous ceux que nous avions connus, c'était le dernier avec tante Hanna.

Elle fit ses valises. Je déteste les valises. Elles signifiaient une nouvelle séparation. Le départ de tante Hanna affecta profondément tous les enfants. Mais surtout moi. Comme elle me vit pleurer, elle me consola en me demandant de penser souvent à elle et de prier tous les jours. Elle dit aussi : « N'oublie jamais la vérité. » Un taxi vint et emporta tante Hanna et ses valises. Il me semblait qu'avec elle nous avions perdu tout espoir.

Des semaines avaient passé depuis le départ de tante Hanna. Tout était sombre et vide. Nous avions beaucoup parlé d'elle et pensé à elle avec nostalgie. Je comprenais seulement à ce moment-là pourquoi elle m'avait emmenée si souvent aux réunions spirituelles avant son départ. Elle voulait me laisser un héritage, sa foi. Connaissant ma faiblesse, elle pensait que, sans son soutien et sans sa religion, je perdrais tout espoir pour sombrer définitivement dans la mélancolie. C'est pour cela qu'elle avait été si malheureuse quand ma foi avait vacillé et que je m'étais éloignée de Dieu.

Tante Hanna était entrée dans un établissement de diaconesses. Je décidai que, lorsque je serais grande et que j'aurais ma propre maison, j'irais la voir. Encore une fois, j'admirai le courage des autres enfants : ils ne montraient nullement qu'ils souffraient, je n'en ai vu aucun qui ait l'air triste, pas même le vendredi saint. Pourquoi étais-je différente ? A l'école, par exemple, quand quelqu'un disait maman, je sursautais et mon cœur se mettait à battre.

Les mois passaient, marqués par le découragement, comme au fond d'un trou profond. Il me semblait de nouveau que j'étais de trop. Personne ne s'intéressait à moi, personne n'avait besoin de moi. Je commençai à avoir peur de l'avenir, j'avais peur de tout.

Je m'efforçai de chercher la paix, mais sans la trouver. Soudain, je me rappelai la Bible de tante Hanna, c'était son testament pour moi. Je priai, mais sans rien ressentir. Je ne reçus aucune réponse.

Et puis, il se produisit quelque chose d'extraordinaire. Au plus profond de mon angoisse, en priant désespérément, je me rendis compte que le grand nuage noir s'éloignait de mon ciel. Il s'y fit une ouverture, remplie de lumière éblouissante. Je ne voyais pas son contour. Elle n'avait pas de limite. Dieu existait donc, il devait exister. Je souhaitai ne plus jamais perdre des yeux cette lumière. Je pleurai de joie.

Le printemps était chaud cette année-là. Les préparatifs des festivités du premier mai, organisées par la commune, commencèrent plus tôt que d'habitude sur la colline de l'orphelinat. On y apporta des bancs et des tables sur le camion du bourg, des kiosques à bonbons, ainsi qu'un grand nombre de planches qui devaient servir à dresser une estrade pour les artistes et pour les danseurs. Tout fut provisoirement recouvert d'une grande toile pour le cas où il pleuvrait.

Le lendemain matin, nous fûmes réveillés de bon matin par un grand bruit. C'était une musique caverneuse qui provenait du bois. Les haut-parleurs avaient été installés et on procédait à des essais de fonctionnement. A en juger par les effets, ils étaient en état. On entreprit de décorer le bois. Des drapeaux finlandais furent accrochés à tous les arbres. Le soleil brillait, il n'y avait pas un nuage dans le ciel. Nous mîmes nos vêtements du dimanche. Je passai la robe brune, faite sur mesures, qui avait cet affreux bouton blanc sur la poitrine. Un grand camion entra dans la cour. Il apportait toutes sortes de choses à manger et à boire : des biscuits, des chaussons, des flans et des madeleines, de l'hydromel, de la bière, de la limonade et divers jus de fruits. Les glaces ne devaient être apportées que plus tard, dans l'après-midi. J'allai en cachette dans la buanderie et découpai le bouton avec mes petits ciseaux. J'en avais assez.

Bien avant le début de la fête, des enfants commencèrent à arriver du bourg. Tous portaient leurs nouveaux vêtements de printemps. Parmi eux, il y avait beaucoup d'élèves du lycée et aussi Ulla. Comme toujours, nous nous amusâmes bien ensemble. Les festivités étaient joyeuses. Les enfants de l'orphelinat étaient aussi autorisés à manger du flan et à boire de l'hydromel autant qu'ils en voulaient. La gentille directrice adjointe vint un moment parmi nous. Elle n'était que provisoirement notre directrice. Nous attendions avec impatience une nouvelle directrice en titre.

Soudain, mon cœur sursauta : je vis mon professeur de natation qui me saluait. Il était avec sa mère. Heureusement, ma robe n'avait plus ce vilain bouton. Et je portais les beaux bas blancs mi-longs envoyés par papa. Mais je regrettai qu'ils soient si peu visibles : mes bottines les cachaient presque totalement.

Sur l'estrade se déroulait un grand programme de chansons, de poèmes, mais aussi d'accordéon, que je n'aimais pas. Il me rappelait les terribles nuits de bal du village. Ce que j'admirais le plus, c'étaient les costumes provinciaux. Je pris la décision d'en acheter un quand, un jour, je serais suffisamment riche.

Nous vendîmes des plumets de premier mai, de toutes couleurs, ainsi que des macarons qui avaient la forme d'une anémone. Nous les accrochions avec une épingle à la poitrine de l'acheteur ou bien au revers de son col de veste. Sur les robes, ils ne tenaient guère. L'épingle glissait sur le mince tissu et tombait. Parfois, nous retrouvions des macarons par terre et nous les revendions pour notre propre compte.

Les gens commençaient à partir. La musique décrût. La fête était finie. La prochaine aurait lieu au printemps suivant, mais je ne la verrais sans doute pas, car alors je serais sûrement chez moi.

Après le premier mai, le bois fut nettoyé et ratissé avec soin. Tout redevint calme et silencieux. Les petits oiseaux et les écureuils revinrent. Je me suis demandé ce qu'ils avaient fait durant la fête.

Au cours du mois, j'eus treize ans. Cet anniversaire fut un jour comme les autres, plus vide que vide : ni carte ni cadeau, sans parler du gâteau d'anniversaire que mes camarades de classe évoquaient toujours dans leur cas. J'espérais quand même un appel téléphonique de maman, mais il ne vint pas. Un des enfants, un garnement, dit que treize était un chiffre néfaste : il portait toujours malheur. Que pouvait-il m'arriver de pire ?

Et puis elle vint. La nouvelle directrice Amalia, quarante-cinq ans environ. Elle avait de beaux yeux bleus, mais il émanait d'elle une impression de dureté. Elle était de taille moyenne, plutôt corpulente. Quand elle marchait, ses hanches se balançaient comme la croupe d'un cheval. Nous essayâmes de nous faire une idée de notre nouvelle directrice, mais c'était difficile.

Cependant, je ne m'étais pas trompée : elle était très sévère. Notre vie changea du tout au tout. La directrice se mit à donner ses ordres. Le premier s'appliquait aux toilettes. Elles étaient fermées tous les soirs à huit heures ; ensuite, on éteignait les lumières de nos chambres. Personne ne pouvait plus bouger. Les toilettes étaient réouvertes le matin à sept heures et demie. Seul le côté du personnel était accessible toute la nuit, mais cette issue était interdite aux enfants. L'un des garçons me dit qu'ils faisaient leurs petits besoins par la fenêtre. Nous, les filles, nous devions attendre et souffrir jusqu'au matin. C'était intolérablement pénible. Le ventre nous démangeait, on aurait dit qu'il était en feu. Une nuit, pressée par un urgent besoin, je me soulageai dans un vase à fleurs que j'avais vidé au préalable par la fenêtre.

Une autre nuit, je me rappelais avec nostalgie tante Hanna et le sentiment de sécurité qu'elle nous donnait par sa seule présence. Il était déjà une heure avancée quand j'entendis des pas dans le couloir. Ils se rapprochaient de ma chambre. C'était la directrice. Elle alluma le plafonnier et me demanda de l'accompagner. Je me levai et la suivis. Je n'avais pas la moindre idée de ce qu'elle voulait. Nous allâmes dans sa chambre, dont elle referma avec soin la porte derrière nous.

La directrice me mit dans la main une brosse dure de sauna. Elle me dit qu'elle souhaitait maigrir. Elle se débarrassa de sa robe de chambre et s'étendit, nue, sur son lit. Je dus frotter à la brosse son corps obèse et ses cuisses grasses. Elle était étendue sur le ventre et mangeait lentement deux grosses et belles pommes. Je faisais de mon mieux mais mon bras se fatiguait. Je pris la brosse dans l'autre main. Mon second bras commença aussi à se raidir. Heureusement, la directrice me donna alors la permission d'aller me coucher. J'avais sommeil et j'étais très fatiguée. Je n'étais pas habituée à de telles pratiques.

Trois jours avaient passé depuis l'arrivée de

la directrice. Elina avait déjà été punie pour indiscipline. Je ne pouvais le croire. Elina, qui avait toujours été si gentille et si obéissante. La directrice la mit au coin, bras levés. Elle-même s'installa à côté sur une chaise pour coudre, veillant à ce qu'Elina ne bouge pas ni ne touche le mur. Finalement ses bras retombèrent. La directrice s'emporta et entraîna Elina à l'étage supérieur en la tirant par les cheveux. C'était affreux. Je n'avais jamais rien vu de pareil. Elina dut aller se coucher sans avoir dîné. J'étais pourtant certaine qu'elle n'avait rien fait de vraiment répréhensible. J'eus de sombres pensées.

Tante Hanna partie, notre vie se transforma complètement. Même la nourriture n'était pas aussi bonne qu'avant. Rien n'était comme du temps de tante Hanna.

Le matin, nous n'avions plus de beurre dans notre gâteau de riz ou notre bouillie et le soir, au dîner, la soupe au lait n'était presque que de l'eau. A la place du beurre, on se mit à utiliser de la margarine. Nous ne vîmes plus jamais de biscuits. Notre vie devint pénible. Je n'étais pas la seule à en témoigner, c'était visible chez tous les enfants.

L'orphelinat possédait des moutons. Leur

pré était derrière le bois, sous un gros rocher où nous jouions à la maison. Le pré contenait un vieux sauna, fait de rondins, dont le sol était couvert de paille. Les moutons passaient la nuit dans le sauna. Chaque soir, nous allions vérifier que tous les moutons avaient bien gagné leur abri. Après cela, nous fermions la porte.

Cet été était chaud, plus chaud qu'à l'ordinaire. Nous avions fait une excursion dans l'île où, auparavant, nous avions appris à nager. Nous y étions restés toute la journée, nous avions mangé les provisions sur place et pris le dernier bateau pour rentrer. Nous étions tous restés exposés au soleil et notre peau rougeoyait.

Avant d'aller dormir, nous partîmes vérifier si les moutons étaient dans le sauna. De loin, nous entendîmes un triste bêlement. Un petit agneau allait et venait auprès de sa mère qui était allongée, morte, dans le fossé. Elle avait sans doute voulu sauter par-dessus, mais sa laine s'était prise dans le fil de fer barbelé de la clôture. Elle avait essayé de s'en débarrasser, avait fait plusieurs tours sur elle-même et, étouffée, était finalement tombée dans le fossé. Nous étions tous très impressionnés, car nous connaissions cette brebis depuis sa naissance. Petite, elle avait mangé du foin vert dans nos mains. Tous nous l'avions tour à tour traînée partout avec nous.

Elle pesait très lourd. Il nous fallut beaucoup de temps pour la libérer et la sortir du fossé. Peut-être était-elle restée à demi morte toute la journée sous le soleil accablant. Nous étions ailleurs, personne n'avait vu l'accident, personne n'avait pu lui porter secours.

Le boucher vint le lendemain matin. La viande fut découpée en morceaux et cuite dans de grosses casseroles. Après cela, nous en mangeâmes au déjeuner et au dîner tant qu'il y en eut. La directrice ne souhaita même pas y goûter. Je savais pourquoi. Je n'y aurais pas moi-même touché si je n'y avais été obligée. Quand, pour la dernière fois, le mouton fut recuit dans la cuisine, son odeur était franchement repoussante. Depuis, je n'apprécie guère le mouton.

Un nouveau règlement nous fut signifié : les portes de nos chambres devaient rester entrebâillées. La porte de la directrice aussi était ouverte : nous ne pouvions plus être en paix, même la nuit. Quand l'un des enfants se retournait dans son lit, la directrice criait de sa chambre ou bien venait dans le couloir, un fouet à la main. Un matin, elle frappa violemment à la tête l'un des plus petits garçons. La seule raison que je pouvais imaginer est que les petits, surtout les garçons, ont souvent des incontinences nocturnes. Maintenant, les corrections matinales se faisaient quotidiennes. Les pleurs et les bruits allaient désormais de pair avec le réveil. Nous vivions dans une peur constante.

Elina et moi, nous épluchions des pommes de terre dans la cuisine, bavardant à voix basse. Elle me dit qu'elle haïssait la nouvelle directrice. Seuls les garçons pouvaient actuellement aller porter leurs chaussures chez le cordonnier. Elina ne voyait plus sa mère, à laquelle, de surcroît, les visites étaient interdites. La directrice prétendait qu'elle buvait. Elina, qui avait toujours été si joyeuse, était soudain devenue très grave. Il me semblait qu'elle commençait à se révolter comme je l'avais fait un peu plus tôt, pour des raisons différentes.

Tout me paraissait vraiment sombre. La nuit, j'avais des cauchemars ; je délirais, je voyais des fantômes, je me noyais, je tombais du haut d'une montagne, je mourais et je me voyais mettre dans un cercueil blanc. Je me réveillais effrayée. J'étais moite de sueur. Je m'accrochai à Dieu et priai de tout mon cœur, suppliant que quelque chose arrive pour nous sauver.

Un jour, un garçon, Paavo, se blessa le genou en tombant. Il fut admis à l'infirmerie. C'était une chambre, proche de celle de la directrice, qui faisait face à celle où Elina et moi dormions. Paavo allait mal. Il était chaque jour de plus en plus malade. La nuit, il pleurait doucement, nous l'entendions de notre chambre. La directrice prétendait qu'il l'empêchait de dormir. Comme Paavo ne cessait de pleurer, il était durement fouetté. Cela se reproduisait toutes les nuits. Je me cachais le visage dans mon oreiller pour ne pas entendre les plaintes de Paavo. J'aurais voulu l'aider, mais nous n'avions aucune possibilité de le faire.

Heureusement, un membre du comité de surveillance vint enfin visiter l'orphelinat. Il vérifia les écritures et parcourut toutes les chambres. Ayant vu Paavo, il décida de l'envoyer d'urgence à l'hôpital. Là, on constata qu'il avait une nécrose osseuse très avancée. Il était impossible de dire si le genou de Paavo resterait raide. Peut-être boiterait-il toute sa vie. Il n'avait pas de parents. Du moins, je ne les avais jamais vus. En tout cas, personne ne viendrait poser de questions. Le soir, je priai avec ferveur : « Dieu, aie pitié de Paavo, ne le laisse pas devenir infirme. »

L'orphelinat reçut un colis des Etats-Unis. De braves gens avaient pensé aux pauvres enfants de Finlande, ce pays dont les habitants avaient si héroïquement défendu leur patrie et leur liberté. Nous espérions des jouets. En fait, le colis contenait seulement une dizaine de paires de chaussures. Elles n'étaient pas neuves, mais en bon état. La directrice les distribua en évaluant leurs pointures au jugé. Je reçus des bottines marron, très belles et brillantes, en cuir de luxe. Malheureusement, elles comportaient un défaut : elles étaient trop étroites pour mes larges pieds. Le matin, je parvenais à distendre le cuir, mais dès midi je commençais à souffrir intolérablement. Je pouvais à peine marcher. Je me hasardai finalement à parler à la directrice et lui demandai des chaussures plus grandes. Cette fois, elle se montra aimable. Je pus essayer toutes les paires qui restaient, mais il n'en existait pas de plus grandes. Je dus me satisfaire de mes chaussures étroites.

Un jour, Pekka reçut une correction. Personne ne sut pourquoi. La directrice voulut sans doute le gifler sur les deux joues, mais, au lieu des joues, ses mains frappèrent les oreilles. Nous comprenions de moins en moins son comportement. Il n'existait plus de relation entre les causes et les effets, comme du temps de tante Hanna.

Mes chaussures me faisaient de plus en plus souffrir. Il faisait froid, et il me semblait que mes orteils étaient devenus de petits morceaux de glace. Je ne les sentais même plus.

Sur le chemin du lycée, je m'arrêtais souvent sur le bord de la route pour m'asseoir sur les congères et défaire les longs lacets de mes chaussures. Cela soulageait, mais mes vêtements se mouillaient quand je m'asseyais sur la neige. Je relaçais mes bottines et poursuivais mon trajet. Je m'en débarrassais dès que j'avais atteint les marches de l'orphelinat : je ne pouvais faire un pas de plus.

Je dus mettre ces chaussures montantes pendant plusieurs mois avant d'en recevoir de nouvelles. Mes orteils étaient couverts d'ampoules enflammées et mes pieds avaient acquis une mauvaise position qu'ils garderont jusqu'à la fin de ma vie.

Un jour où il vint nous voir, papa me demanda pourquoi je marchais si lentement. Je n'osai lui dire la vérité. J'avais peur d'être fouettée par la directrice, si elle l'apprenait.

Elle nous avait formellement interdit, en effet, de parler de ce qui arrivait à l'orphelinat. C'était si bon d'être avec papa, mais cela faisait mal aussi, car il ne pouvait deviner dans quelle maison ses enfants vivaient maintenant.

Une fois, la directrice força Matti à avaler de l'eau savonneuse. Il avait, paraît-il, dit un gros mot. Seule la directrice l'avait entendu. Matti vomit, mais reçut aussitôt l'ordre de boire un second verre encore plus savonneux, que la directrice prépara elle-même dans la salle de bain avec du savon mou de pin. De nouveau Matti faillit se trouver mal. La directrice n'aimait pas cela. Le tirant par les cheveux, elle l'entraîna dans la pièce voisine. Il poussait des cris affreux. Je ne sais pas ce qu'elle lui a fait. Avec mon frère et avec moi, elle était prudente depuis la visite de papa.

Je me rappelai tante Hanna : jamais elle n'aurait usé de telles brutalités. Je regrettais d'avoir été si têtue avec elle. C'était peut-être pour cela qu'elle était partie. Mais non, quand même pas. Je me rappelai aussi comme elle me demandait de prier. Maintenant, dans ma détresse, je me cramponnais à Dieu. Il me semblait qu'il n'y avait jamais eu de nuages entre Lui et moi. Je ne Le cherchais que lorsque j'avais besoin de Lui. Peut-être ne Lui étais-je pas assez reconnaissante de ce que je possédais : la santé, des parents, bien que je ne vive pas avec eux, et un charmant petit frère qui n'avait pas son pareil.

Tout était sombre, mais il fallait espérer. J'essayais de penser que le soleil venait après la pluie et que la pluie laissait souvent derrière elle un arc-en-ciel. Mais je devais me forcer.

Les nurses changeaient beaucoup. Bien des stagiaires partaient avant le terme de leur stage. Un jour, Martta, une étudiante silencieuse, qui semblait souffrir pour nous, s'en alla à son tour. Je lui demandai quelques mots pour mon album. Elle écrivit : « Sirkku, viens à Jésus, viens à lui jeune... Loin d'ici, je me souviendrai longtemps des enfants et de toi, Sirkku. Je te soubaite une bonne année 1950 et une bonne vie. Martta. » C'est seulement alors que je compris qu'elle était de la même race que tante Hanna. Je ne m'étais pas suffisamment rapprochée d'elle pour que nous ayons pu parler librement en tête à tête.

Par moments, nous étions complètement sans nurse et, comme j'étais maintenant la plus âgées des filles — j'avais quatorze ans —, je m'occupais du plus petit des enfants. Je dormais dans la même chambre que lui. C'était un bébé qui avait une grosse tête bouffie, plus grosse que son petit corps. Ses yeux erraient sans but.

Une petite lampe en forme de demi-lune restait allumée toutes les nuits au-dessus du lit de bébé. Il respirait lourdement. Les sons émis par ce petit être avaient parfois quelque chose d'animal. Je parvenais à le nourrir à l'aide d'un biberon, en entrant moi-même dans son lit à hauts montants de bois, mais il semblait n'être jamais rassasié. La toilette était plus difficile. Malgré tous mes efforts, je ne pouvais le soulever du lit. Quand je m'en saisissais, sa lourde tête restait sur l'oreiller. Personne ne m'avait indiqué comment il convenait de le manier. J'avais peur de le blesser ou de le faire tomber. C'est pour cela que je me hissais moi-même dans son lit, c'est comme cela que je changeais ses couches. La nuit, il ronflait, émettant des sons étranges. Je m'éveillais souvent et j'écoutais. J'avais une peur affreuse de ce bébé. Ses yeux en particulier étaient effrayants.

Heureusement, une nouvelle nurse arriva bientôt. J'en étais contente, car elle me remplaça dans la chambre de l'enfant malade. Je revins dans celle des grandes filles, mais longtemps encore je fis des cauchemars à cause de ce malheureux enfant.

Peu après, il fut emmené. Il était mort, paraît-il. Le pauvre petit, il était libéré de ses souffrances. A moins que la nurse ou la directrice aient voulu se libérer des leurs. La question me préoccupa longtemps.

Nouveau changement de lit. La nurse vint dormir au premier étage. J'étais fort effrayée : on me remit dans l'ancienne chambre du bébé malade, maintenant occupée par deux autres petits. La nuit, souvent, je regardais sous mon lit pour vérifier qu'il n'y avait personne et longtemps encore j'entendis la respiration curieusement modulée de l'enfant mort.

A cette époque, mes nerfs étaient de nouveau en piteux état. Une peur continuelle me faisait frissonner. C'était comme si je vivais un cauchemar dont, malgré mes efforts, le déroulement était arrêté. Je commençais à penser que je ne sortirais jamais de cette maison.

Heureusement, les vacances de Pâques se terminèrent et le lycée reprit. En classe, je n'avais pas peur, tout le monde était gentil avec moi. Kaarina me dit que pendant les vacances elle était passée me voir, mais que la directrice lui avait dit : « Pas de visite », et qu'elle était repartie. J'étais désolée qu'elle ait été refoulée, mais une grande joie m'emplissais le cœur à la pensée que Kaarina était venue pour me voir depuis le bourg, à pied, et c'était un long trajet. Pourquoi la directrice ne l'avait-elle pas reçue ? Peut-être avait-elle agi de même avec les autres visiteurs ? Peut-être que maman était aussi venue nous voir et qu'elle n'avait pas été autorisée à entrer ? Ce doute affreux me faisait mal. D'un autre côté, je voulais justement croire que maman était venue et n'avait pas eu le droit de pénétrer dans l'orphelinat. Désormais, j'observais attentivement les visiteurs, essayant d'entendre leurs voix à travers la porte. Si jamais j'entendais la voix de maman, je courrais aussitôt me jeter dans ses bras.

J'avais besoin de maman. Il y avait tant de choses qu'aucun enfant ne comprenait. J'avais vu la directrice soulever par les cheveux un garçon tombé à terre. Elle punissait à tort et à travers. Elina me raconta qu'un soir la directrice avait passé les mains sous sa couverture et l'avait pincée. Je comprenais enfin les pleurs soudains qui accompagnaient ses visites du soir.

Il me semblait que je ne tiendrais plus.

J'étais malade, mais personne ne le comprit. Cela devait bien finir un jour. Dès que possible.

Je commençais à penser que la directrice était elle-même malade, un peu comme ce garçon qui était tombé à la raffinerie. Peut-être s'agissait-il d'une maladie contagieuse ? Maintenant, elle nous rendait tous malades, et moi la première.

Notre vie était devenue un enfer. C'est un vilain mot, mais c'est ainsi que je ressentais les choses. Un four éternel, et nous étions en plein milieu. Comme l'enfer est l'envers du paradis, de l'éternité, Dieu existait peut-être quand même et il nous restait un peu d'espoir. Je continuai de prier chaque soir pour tous les enfants.

Et puis, nous eûmes droit, mon frère et moi, à un répit : nous quittâmes l'orphelinat pour une semaine. Pendant ses vacances d'été, papa nous emmena à Helsinki. Nous voyageâmes en train. Helsinki était une grande ville : sûrement la plus belle et la plus grande des capitales du monde, pensai-je. Nous admirâmes la cathédrale luthérienne, le palais présidentiel, le musée national. Du parc de Kaivopuisto on avait une vue magnifique sur la mer. Nous prîmes un autobus qui, du centre, nous transporta vers une petite maison de bois où papa disposait d'une chambre et d'une cuisinette. Il n'y avait qu'un lit et, mon frère et moi, nous dûmes dormir par terre. Papa emprunta pour nous à sa logeuse un matelas et une couverture. Mon frère eut la couverture et moi le manteau de papa, mais, comme j'étais très grande, j'avais toute la nuit les orteils à l'air. Heureusement, c'était l'été et il faisait chaud. La logeuse, une vieille femme, veuve d'un employé de banque, fut très gentille avec nous. Elle nous laissa même cueillir des fraises dans son jardin. Le ramoneur et ses fraises me revinrent à l'esprit : les deux jardins se ressemblaient. Je pensai à maman. Je rentrai à l'intérieur, tandis que mon frère restait manger des fraises dans le jardin.

Papa prit bien soin de nous. Il faisait la cuisine et, presque tous les jours, il nous préparait notre plat favori : de la purée de pommes de terre avec des saucisses de Francfort. Il n'avait plus son commerce ; maintenant, il travaillait le bois, fabriquant de petites croix et des anges. Je trouvais extraordinaire qu'il sache aussi bien sculpter, alors qu'il avait perdu les phalanges terminales de trois doigts à la guerre.

Il fabriquait aussi des battoirs à matelas et à tapis. Pauvre papa, il ne lui restait rien. Je lus en cachette ses papiers où il était marqué : « ancien commerçant ». Il n'avait plus de boutique. En tant qu'artisan à domicile, ses revenus étaient maigres. Il travaillait dans la pièce où il vivait et dormait. Dans la journée, il y avait des copeaux partout, ils volaient sur le lit et jusqu'au plafond. Les couteaux de papa étaient très tranchants.

Un jour, nous allâmes au zoo de Korkeasaari. Le voyage en bateau fut très agréable. Il faisait beau. Notre préférence alla aux ours. Nous leurs donnâmes du sucre et ils firent le beau. Nous admirâmes aussi les paons et leurs plumages. Nous bûmes de la limonade au restaurant de l'île. Tous les jours nous eûmes droit à de la glace. Papa était vraiment très gentil. Nous allâmes une deuxième fois au musée national, bien que, selon moi, j'avais tout vu la première. Papa voulait les choses ainsi.

J'avais remarqué une belle poupée dans la vitrine d'un marchand de jouets, mais il ne me serait pas venu à l'esprit de la vouloir ou d'en parler à papa. Je savais qu'il n'avait pas beaucoup d'argent : il nous avait dit qu'à cause du prix du voyage il ne pouvait venir nous voir plus souvent, en dépit de son désir. Malgré tout, le pauvre logement de papa était propre et il portait toujours des chemises parfaitement blanches, même si elles n'étaient pas toutes neuves. Il les lavait et les repassait lui-même, empesant les cols avec de la farine de pommes de terre. Papa sentait le propre.

La semaine s'écoula en un clin d'œil.

Je passai la dernière soirée à pleurer, mais papa me consola en disant qu'il nous trouverait bientôt une mère et viendrait nous chercher pour nous prendre définitivement chez lui. Malgré mon envie, je n'osais pas parler de la sévérité de la directrice. J'avais trop peur d'elle.

Papa nous accompagna à la gare. Je pleurai tout le long du voyage et mon frère aussi était triste. Je songeais avec effroi à la directrice, mais j'étais réconfortée par une autre pensée : j'allais revoir tous les enfants de l'orphelinat. Je m'étais attachée à eux, nous étions comme frères et sœurs. Mais la directrice... J'aurais voulu ne jamais la revoir.

Une surprise nous attendait à l'arrivée à

l'orphelinat. Un enfant manquait : Kaleva, le petit frère d'Elina, un garçon de six ans aux yeux bruns et aux joues rondes. Les autres enfants paraissaient tristes. C'était difficile à croire : Kaleva était mort pendant que nous étions à Helsinki. A notre départ, il était en parfaite santé. Qu'était-il arrivé ? Le soir, Elina me raconta tout tandis que nous rangions au sous-sol le linge à essorer. Une grosse boursouflure était apparue dans le dos de Kaleva et la directrice l'avait percée avec une épingle. Les enfants ne savaient rien d'autre. Elina éclata en sanglots. Kaleva était mort d'un empoisonnement généralisé. Comme le médecin du bourg était en vacances et que son remplaçant avait beaucoup de travail, l'enfant fut enterré rapidement, sans examen approfondi. Personne ne demanderait d'explication. Kaleva était presque orphelin : « le fils d'une mauvaise femme et d'un cordonnier ivrogne », disait la directrice.

Pauvre Elina, je comprenais si profondément sa peine ! Le mort aurait pu aussi bien être mon petit frère. Affreuse pensée. Je regrettai d'avoir tiré Elina par les cheveux quand nous nous disputions. C'était de la jalousie, ses nattes étaient plus épaisses que les miennes.

Les enfants racontèrent que le petit corps de Kaleva avait été déposé un jour dans le sauna en attendant d'être emporté le lendemain dans la chambre mortuaire. Le sauna était au sous-sol, à côté du vestiaire et du garde-manger ; en face, de l'autre côté du couloir, il y avait l'atelier des garçons, la chambre de la cuisinière, la cuisine et le réfectoire. Je me mis à avoir peur du sauna. Je pressai le pas en passant à sa hauteur lorsque j'allais à la buanderie, à l'extrémité du couloir.

Les soirs de sauna devinrent pour moi un nouveau cauchemar. Jusque-là, le sauna était une joie. Maintenant, c'était à peine si je restais sur les claies. Je crois que les autres filles ressentaient la même chose. Nous nous lavions rapidement et nous partions en même temps. Le pire jour était celui où nous nous lavions les cheveux. Les longs cheveux exigeaient du temps. Je les lavais au savon et les rinçais aussi vivement que possible. J'avais peur du sauna comme autrefois des cercueils chez maman. Je dormais au deuxième étage, mais je commençais à y sentir l'odeur du sauna quand on le chauffait. Le souvenir du petit enfant mort se mêla à l'odeur des faisceaux de branches de bouleau, qui jusqu'ici était si délicieuse.

Vivre était toujours plus pénible. Et il semblait impossible de sortir de cette maison. La nature de ma perplexité commença à changer. Pourquoi nous as-tu répudiés, maman ? Ma question devenait une accusation.

Tous les soirs, je me demandais en tremblant ce qui arriverait d'affreux le lendemain. Il s'était déjà produit trop de choses. La directrice s'énervait de plus en plus. J'essayai de penser que c'était dû au fait qu'elle voulait maigrir.

J'avais plus peur qu'avant, si cela était possible. J'avais peur de la mort. La nuit, je continuai à regarder sous mon lit. Je voyais des ombres étranges à la lumière de la lune. Elles venaient des rideaux ou des extrémités du lit. Une curieuse chaleur emplissait mon corps, je frissonnais d'effroi. Je faisais des cauchemars : le petit garçon hydrocéphale... mon frère meurt... maman est malade... Chaque soir, je répétais les mêmes paroles : « Dieu, sortez-nous de cette maison, sauvez-nous des persécutions de la directrice. » J'étais sûre que j'allais devenir une malade mentale, tout à fait sûre. Je voyais mon destin tourner au chaos. Mes mains tremblaient déjà à tel point que je pouvais à peine écrire. Je bougeais sans cesse, je ne pouvais rester en place comme avant. Tante Hanna avait raison, j'avais les nerfs malades. Si je devenais folle — ce serait affreux —, je savais ce que c'était : j'irais à l'asile. On me séparerait de mon frère. Je m'efforçai de me calmer.

Au lycée, j'appris que le bourg jasait : il se passait de drôles de choses à l'orphelinat. Mais quoi ? Je restai muette. Je savais que je n'oserais jamais dire la vérité, pas même à Kaarina. Je craignais tant la directrice.

Peu après ces rumeurs, un membre du conseil de surveillance vint inspecter l'orphelinat. Mais il commit l'erreur de prévenir la veille par téléphone de son arrivée. Ainsi, tout put être mis en ordre à temps et la directrice rassurée.

En présence de l'inspecteur, cette femme était la bonté même. Elle souriait tout le temps. Je ne reconnus même pas sa voix. Est-ce que je rêvais ou bien étais-je malade ? L'une de nous deux en tous cas l'était. Je restai figée : la directrice était félicitée pour ses mesures d'économie, la propreté qui régnait partout, etc. L'inspecteur partit enchanté. Les rumeurs furent démenties.

J'avais maintenant tellement peur que, même le jour, je me retournais pour voir derrière moi. J'avais l'impression que quelqu'un me suivait.

Un jour, la directrice eut une crise. Sans raison, elle s'en prit à mon frère, le fit tomber par terre et se mit à le frapper à la tête en le maintenant au sol par les cheveux. J'avais peur qu'il meure et je suppliai à genoux la directrice d'arrêter avant qu'il perde connaissance. Fatiguée, elle se calma, mais n'en resta pas là : elle traîna encore mon frère jusqu'à la salle de bains et lui mit la tête sous une douche froide. Une haine féroce à l'endroit de cette femme monta alors en moi. Je voulus lui sauter dessus, la battre et l'étrangler, si lentement qu'elle ait le temps de penser aux tourments qu'elle avait infligés à des enfants innocents. Mais j'étais impuissante. Je n'étais qu'une enfant et j'étais à sa merci. Je ne pouvais rien faire. J'étais accablée de mon impuissance, mais je décidai que, quand je serai grande et forte, lorsque quelqu'un m'écouterait, je raconterais ce qu'avait été vraiment notre vie. Je me souvenais des mots de maman et de sa sœur : « Les enfants seront bien là-bas. »

Je m'étonnais que chaque semaine la directrice puisse avoir bonne conscience quand elle chantait des chants liturgiques dans le chœur de l'église. En moi-même, je me demandais pourquoi Dieu ne faisait rien pour la punir.

Le soir, ma haine se calma. Je priai avec ferveur, je demandai à Dieu de guérir la directrice de sa maladie et de nous faire sortir de cette maison. Ce n'était plus mon chez-moi, pas même un orphelinat. C'était une prison. Je persistais pourtant à espérer et mes prières m'y aidaient. Tante Hanna avait eu raison. Elle avait fait de moi une croyante, même si au fond de moi-même, je me demandais : « Pourquoi Dieu, qui est l'ami des pauvres, ne fait-Il rien pour nous tirer des griffes de cette femme ? »

Je voulais parler avec un vrai chrétien, mais je n'en connaissais aucun. Je ne connaissais que tante Hanna. Les filles de l'orphelinat ne priaient pas, bien que je l'aie d'abord cru parce que l'une d'elles avait écrit dans mon album : « L'ange vole, plane, souhaite que Sirkku soit heureuse. » Plus tard, je les interrogeai sans détour sur leur foi. Je voulais aussi parler au pasteur, dont la fille était dans ma classe, mais je n'osais pas l'aborder quand il venait au lycée. Ma timidité m'affectait profondément.

A cette époque, je commençais à comprendre que j'avais changé. J'avais souffert, mais ces souffrances m'avaient appris quelque chose. J'étais certaine de l'existence de Dieu, bien qu'Il ne nous ait pas aidés. Je voulais parler de Lui à tous et remercier tante Hanna de sa patience avec moi. La lumière éblouissante, infinie, réapparut dans mon ciel. L'éternité, dont tante Hanna avait tant et si joliment parlé, était sûrement là. Le Ciel, où nous deviendrions des anges après notre mort. Mais je n'étais pas certaine d'avoir mérité le Ciel : je m'étais opposée à Dieu des semaines, des mois, des années, de nombreuses années. J'avais même accusé Dieu... Maintenant, je craignais d'en être punie. Mais restait-il encore des punitions ?

C'était le jour de la lessive. Le linge était toujours lavé dans le sauna. Nous chauffions l'eau dans une grande marmite pour le lavage. Le rinçage se faisait dans de l'eau froide. J'étais seule avec Elina. Nous avions déjà lavé le linge et nous passions au rinçage. Il y avait beaucoup de draps, ils étaient lourds et froids comme de la glace. Malgré mes efforts, je ne parvenais pas à tordre convenablement les draps froids. Finalement, je dus renoncer à rien faire, car j'avais mal aux doigts, mes articulations étaient enflées. Sans se plaindre, Elina fit le travail à ma place. Je pensai que c'était moi heureusement et non Elina qui tombais malade, car elle aurait sûrement été punie pour sa paresse. Je fus envoyée chez le médecin. Il s'avéra que j'avais un méchant rhumatisme aux articulations. Mes orteils étaient aussi douloureux, malgré mes bottes de caoutchouc, car nous étions restées debout des heures sur le sol en ciment où coulait l'eau glacée.

L'été suivant fut chaud. Je le passai avec des moufles en laine aux mains et des chaussettes aux pieds. Et je me remis.

Avec Elina, nous essayâmes de nouveau de nous faire de l'argent de poche. Nous nous mîmes à vendre des billets de tombola dans la rue et dans les magasins. La seule qui en acheta plusieurs fut la femme du président de la commission municipale de l'enfance assistée. Elle nous offrit même des gâteaux et des bonbons. Mais la plupart des gens refusèrent d'acheter nos billets. Nous dûmes les rapporter au bureau.

Une seule fois, nous fûmes, mon frère et moi, invités à passer une semaine chez mon oncle paternel. Le reste de la famille avait oublié notre existence.

La maison de l'oncle était très vaste. Il avait deux enfants et deux automobiles. Pour la première fois de notre vie, nous montâmes dans une voiture particulière. La femme de l'oncle fut gentille avec nous. Elle nous servit chaque jour un gâteau qu'elle avait préparé pour nous. Nous avions rarement eu droit à un tel traitement. La tante était même si confiante avec moi qu'elle me montra sa boîte à bijoux. Elle était cachée au grenier. Je n'avais vu de tels trésors que dans les livres.

Les enfants se montrèrent amicaux, en dépit de leur richesse. Ils avaient tellement de jouets que nous n'en avions jamais vu autant réunis en une seule fois, pas même dans une vitrine. Nous eûmes le droit de jouer avec leurs affaires comme si elles étaient les nôtres.

Malgré leur gentillesse, les enfants s'emportaient parfois. Je remarquai combien on était indulgent à leur égard. Moi, je n'aurais jamais osé me comporter comme eux.

La plus extraordinaire expérience que nous fîmes à l'occasion de cette visite, ce fut notre baptême de l'air. Un parent, qui était pilote d'aviation, téléphona pour annoncer son arrivée à bord de son petit appareil. Nous allâmes à sa rencontre en voiture jusqu'à un lac proche, sur lequel l'avion se posa. A notre grande surprise, le pilote demanda si nous souhaitions faire un tour avec lui à bord de l'appareil. Bien sûr que nous souhaitions ! Nous allâmes aussi pêcher des écrevisses. Nous les mangeâmes le soir même. Soudain, je me sentis malade. Je pensai que j'avais mangé trop d'écrevisses. La tante estima que j'avais pris un coup de soleil, car nous étions restés des heures dans le jardin à arracher les mauvaises herbes. Les cousins n'avaient guère prêté la main, se contentant de manger des framboises. Evidemment, la tante ne le savait pas et il ne me vint pas à l'esprit de le lui dire, car, pour le reste, les cousins avaient été chics avec nous.

En réalité, ma maladie était une crise d'appendicite. Je dus être opérée d'urgence.

Mon oncle m'emmena à l'hôpital au milieu de la nuit. Le trajet dura plus d'une demi-heure et j'avais fort mal. Je restai cinq jours à l'hôpital. Personne ne vint m'y voir. Papa demanda bien de mes nouvelles par téléphone, mais il habitait trop loin.

Bientôt, heureusement, je pus sortir. C'était triste d'être seule à l'hôpital. Mon oncle vint me chercher et régla en même temps la note des frais. Les vacances prirent fin. Papa vint nous chercher et nous retournâmes à l'orphelinat. J'eus mal au cœur de voir papa rembourser à son frère les frais d'hôpital : je connaissais ses difficultés d'argent. Mais, grâce à ce séjour chez mon oncle, j'avais appris à connaître d'autres gens. J'avais éprouvé quelque chose de nouveau, découvert une autre manière de vivre.

Peu après, une nouvelle stagiaire arriva à l'orphelinat. Elle s'appelait Laila. Elle était jolie, avait les joues rondes et était amicale et compréhensive avec les enfants. Je pensai que peut-être je pourrais parler de Dieu avec elle. J'attendis le moment propice.

Il bruinait. Nous étions dans le jardin, à cueillir des haricots. Nous parlions de tout et de rien. J'essayais de savoir ce que Laila pensait. Quelle était son opinion sur l'éternité. Je lui demandai sans détour si elle croyait en Dieu. Laila s'arrêta de cueillir des haricots. Surprise, elle se redressa et me regarda gravement. Sans doute n'était-elle pas habituée à des questions aussi directes. Après avoir réfléchi un instant, elle répondit que, pour elle, le catéchisme, c'était fini.

En tout cas, il faisait bon être avec elle. Nous reprîmes la cueillette des haricots. Il se mit à pleuvoir. Nous rentrâmes. Notre conversation se termina là et je décidai qu'à l'avenir j'éviterais de parler de religion avec elle. Je souhaitais respecter sa manière de penser, je ne voulais pas lui imposer la mienne.

Laila connaissait le propriétaire du cinéma du bourg. Elle passait d'ailleurs pour sa petite amie. Grâce à Laila, nous eûmes des billets gratuits pour voir « Blanche-Neige et les sept nains ». J'avais quatorze ans et je n'étais encore jamais allée au cinéma. Le conte me procura un immense plaisir, surtout parce qu'il finissait bien. Entre-temps, je pleurai avec les nains, quand tristement ils allongeaient Blanche-Neige dans un cercueil en verre. Heureusement qu'il en existait pas de tels. Je me figurai Terttu et ses cicatrices dans un cercueil en verre. Non, dans son cas, un cercueil en bois, opaque, était bien préférable.

Elina avait de grands yeux bleus, de longs cils serrés et de belles nattes épaisses. Nous étions alors beaucoup ensemble : à la fois du même âge et les plus anciennes, nous accomplissions les tâches les plus pénibles en raison du manque de personnel. Nous nous disputions parfois quand je lui reprochais de lambiner. Maintenant, j'avais décidé d'être très gentille avec elle. Au petit déjeuner, la cuisinière servait la bouillie avec une grosse louche. A la hauteur d'Elina, elle fit un faux mouvement et une pleine louche de bouillie dégoulina sur le bras de mon amie. Elle hurla de douleur. Elle avait la moitié de son avant-bras brûlé.

Plusieurs mois après, son bras restait bruni et tout ridé. Pauvre Elina, elle n'avait vraiment pas de chance : l'orphelinat, la mort de son frère, les brutalités de la directrice et maintenant cette blessure !

Puis Liisa partit. Chère Liisa. L'orphelinat était plus vide que jamais. La tendresse que Liisa m'avait témoignée comptait beaucoup pour moi. Moi aussi, je lui avais donné de la tendresse. Nous n'avions jamais pu dormir dans la même chambre, mais en cachette nous nous étions écrit de petits billets. Le dernier était ainsi libellé : « Liisa, je mourrai puisque tu pars, mais quelle importance ? Cette vie me rend malade, je deviens folle. Ne m'oublie pas. Sirkku. »

Plusieurs mois passèrent après le départ de Liisa. Aucune amélioration n'était intervenue. La directrice continuait à punir sévèrement les enfants.

Un jour, j'éprouvai une joie rare : je fus invitée par Kaarina, dans la maison du médecin du bourg. Elle se dressait sur la rive du fleuve, entourée par un grand parc. Tout y était très chic et les planchers étaient tellement cirés que j'avais sans cesse peur de glisser.

Les parents de Kaarina revenaient juste de France : sa mère, douce et maternelle, et son docte père, le médecin du bourg. Nous admirâmes les cadeaux qu'ils rapportaient de voyage. Kaarina avait reçu un jeu éducatif. Quand on répondait bien à une question, une petite lampe s'allumait. Le frère de Kaarina eut des patins à roulettes. C'était quelque chose ! Si un jour je pouvais avoir les mêmes... Je décidai que, quand je serais grande, j'irai à Paris m'acheter des patins à roulettes. Kaarina avait aussi une sœur aînée, Paula, une belle fille aux cheveux roux et au visage plein de taches de rousseur espiègles. Je l'admirais et j'étais fière qu'elle me dise toujours bonjour au lycée ou qu'elle me fasse seulement un signe de tête.

Paula jouait aussi merveilleusement du piano. A la fête de fin d'année du lycée, elle joua « la Lettre à Elise ». D'agréables frissons me parcouraient le dos. Je l'aurais écouté jouer indéfiniment.

Sakari était le frère aîné de Kaarina. Il était plus âgé encore que Paula. Sakari était un gentil garçon, bien élevé, comme tous les enfants de cette famille. C'était un grand honneur pour moi, une enfant de l'orphelinat, d'être reçue chez eux. J'y appris beaucoup de choses de la vie.

Mes notes avaient baissé. Je remarquai la surprise de papa de voir que je n'avais plus dix, mais je ne pouvais lui dire pourquoi : il me restait trop peu de temps pour mes devoirs. Auparavant, je savais toutes mes leçons par cœur. J'étais la seule enfant de l'orphelinat à aller au lycée. A la fin des cours, qui se terminaient souvent à cinq heures, je dînais seule. Les autres mangeaient à quatre heures.

Mais maintenant, après le dîner, je devais nettoyer le rez-de-chaussée : le grand réfectoire, la cuisine, la buanderie, l'atelier des garçons, le sauna — qui me faisait toujours peur —, le long couloir et les toilettes, toujours très sales. A cause de la faiblesse de l'éclairage, les garçons faisaient souvent involontairement leurs besoins à côté. L'odeur était intolérable, mais le travail devait être fait.

Il était bien tard quand je passais à mes devoirs scolaires. Et la lumière était coupée à huit heures. Après, je ne pouvais plus étudier. Les toilettes étaient fermées, je ne pouvais même pas aller y travailler. De plus, la directrice me demandait souvent de lui brosser le corps.

Après cela, j'étais si fatiguée que je n'avais même plus la force de m'agenouiller pour la prière du soir. Je priais au lit. Je savais en tout cas que je ne deviendrais pas masseuse.

Puis il se passa quelque chose d'incompréhensible. L'une des filles, Pirkko, me dit un soir qu'elle avait vu ma mère à six heures dans la cour de l'orphelinat. La directrice lui avait signifié que ce n'était pas l'heure des visites. Maman était partie. Pirkko ne pouvait se tromper, elle ne mentait jamais. Elle me dit que maman était très belle et très élégante. Elle portait un manteau et un bonnet de fourrure.

Cette nuit-là, je ne dormis pas du tout. Les questions s'entrechoquaient dans ma tête. J'avais attendu maman des années. Et maintenant qu'elle était venue, l'accès de l'orphelinat lui avait été refusé ! Je ne comprenais pas cela. Comme j'ai souffert et comme mon cœur battait fort ! Je ne pouvais rien faire. Maman, pourquoi n'as-tu pas crié mon nom ? J'étais occupée à nettoyer le sol au rez-de-chaussée : je serais venue, j'aurais couru, j'aurais été si heureuse de te voir, même quelques minutes. J'aurais pu de nouveau espérer, j'aurais pu voir de mes propres yeux que tu existais et que tu pensais à nous.

Mon existence devint plus pénible. Je commençais à entrevoir qu'étant une enfant de l'orphelinat je n'avais pas le droit de m'exprimer, pas même sur ma propre vie. Souvent, on m'avait écartée ou blessée. J'avais essayé de tout oublier, mais je n'oubliais rien. Revenant de l'école, à huit ans, j'étais avec un groupe d'autres enfants, mais je marchais quelques pas derrière eux. Au sommet de la montée de l'orphelinat, des ouvriers creusaient une tranchée : une canalisation avait éclaté. Tandis que je passais à leur hauteur, l'un des ouvriers m'arrêta avec sa pelle et me dit : « Tiens, je me rappelle bien quand je t'ai faite avec ta mère, dans un cercueil... »

Une vive douleur me transperça. Je luttai contre cette douleur. J'ignorais ce que c'était que faire un enfant, mais je comprenais que cet homme fruste, inconnu, prétendait qu'il avait été près de ma chère mère. Bien que ce ne pût être qu'un mensonge, cela me blessa plus que tout.

Après cela, pendant des années, j'eus un cauchemar, toujours le même. On m'enterrait. J'étais dans un cercueil et j'entendais la terre qu'on jetait sur le couvercle. J'étais sur le point d'étouffer quand je m'éveillais. Je me rappelais alors toujours l'ouvrier et son effrayante pelle tachée de terre.

Il neigea encore beaucoup. Les traces sombres de la route s'effaçaient, comme les expériences passées, qui pourtant ne cessaient d'exister.

A l'orphelinat, je vivais toujours plus dans

mon monde à moi, dans mes rêves, dans mes déceptions. J'étais loin, absente.

Je me posais toujours des questions, sans leur trouver de réponses, du moins de bonnes réponses. J'étais amère et accusais tout le monde de tout. Dieu aussi. Je me torturais, j'étais pleine de compassion pour moi-même et je ne voulais pas oublier. Par exemple, ce moment cruel qui revenait chaque année à la rentrée des classes : on nous demandait notre adresse. Je souhaitais que mon tour ne vienne jamais, mais il venait toujours et quand je répondais : « L'orphelinat », tous les élèves se tournaient vers moi. Chaque endroit de mon corps ressentait leur mépris. Ils étaient différents. Je n'étais pas comme les autres enfants. La chaleur me montait à la tête, mon front se mouillait : la même chaleur qu'au moment où ce couple avait voulu m'adopter à l'orphelinat.

J'avais aussi commencé à faire mon propre procès. J'essayais de m'analyser. Je savais que j'étais égoïste et encline à me plaindre. Comme personne ne pensait à moi, j'avais décidé de le faire moi-même. J'étais aussi orgueilleuse. Quand les autres enfants s'asseyaient par terre, je m'asseyais sur une chaise. Quand ils s'asseyaient sur des chaises, je montais sur la table.

Je n'étais pas aussi modeste qu'il aurait fallu l'être sous le regard de Dieu. Par coquetterie, j'étais allée chercher des rubans pour mes nattes au dépôt d'ordures du cimetière. Le cimetière est un endroit sacré, c'était sûrement un grand crime. Pourtant, toutes ces humiliations étaient de trop, me semblait-il. Aussi loin que je me souvienne, j'avais pleuré maman et elle m'avait manqué. J'avais l'impression que personne au monde ne pouvait combler le vide qu'elle laissait, pas même les enfants que j'aurais un jour.

Je luttais farouchement. Je vivais aussi près que possible de la vérité. Je priais Dieu, le seul que j'avais, j'avais confiance en Lui, mais j'étais continuellement déçue parce que je trouvais qu'Il ne faisait rien pour moi.

Ma foi vacillait, j'essayais de la renforcer, mais parfois je sentais que je me séparais totalement de Lui, et je décidais de ne plus prier. Cependant, dès que j'oubliais Dieu, je ressentais un grand vide. Je n'avais que Lui. Je me hâtais de revenir vers Lui. J'étais une enfant et je ne comprenais rien à la religion, mais mes sentiments étaient terriblement forts.

L'hiver était froid. Bientôt, ce serait de nouveau Noël. Combien de Noëls étaient passés ? Papa avait déménagé et s'était encore éloigné de nous. Les trajets coûtaient plus cher.

C'est alors que nous eûmes une grande surprise, la veille de Noël. Nous reçûmes un colis de maman. Avant de l'ouvrir, je restai bizarrement paralysée. Au lieu de me réjouir, je sentis mes yeux s'emplir de larmes. Maman se souvenait de nous, mais il était trop tard. Je ne pouvais plus apprécier ce bonheur, quelque chose était définitivement brisé en moi... Peut-être quand même que cette cassure pourrait être recollée un jour ?

Le colis contenait une boîte pleine de vêtements en laine. Il y avait aussi, bien emballés, des bocaux de confiture. Je ne savais que penser. Le colis portait une adresse. L'adresse de maman. Je lui envoyai une lettre de remerciement et reçus rapidement une réponse. Maman avait une belle écriture, régulière et noble. Je lus avec étonnement : « Chère enfant, je me suis remariée. Je voudrais vous prendre avec moi, mais la justice a décidé de vous confier à la garde de votre père après le divorce... » Je ne comprenais pas : la justice nous avait-elle séparé de notre propre mère ?

Papa n'avait jamais rien dit de mal sur maman, ne souhaitant sans doute pas briser mon rêve. Mais il n'aurait pas pu empêcher, de toute façon, qu'elle nous écrive. La justice ne pouvait quand même pas interdire cela. Qui peut empêcher une mère de rester en correspondance avec ses enfants ? Et pourquoi écrivait-elle maintenant ? Maintenant seulement ? Comment pouvait-elle écrire maintenant ? Etait-ce une bonne nouvelle ? Un vif sentiment me traversa. Pardon, papa, tu as fait tout ton possible, tu as fait de ton mieux pour nous, tu as été un bon père, mais rien ne remplace l'amour maternel.

A l'orphelinat, j'avais été un destin parmi d'autres, mais — pardon, papa — j'avais langui après ma mère plus que quiconque. Elle était devenue mon rêve forcé, un rêve dans lequel je me réfugiais, mon château en Espagne.

Je relus la lettre : « ... Je voudrais vous prendre avec moi, mais la justice a décidé de vous confier à la garde de votre père après le divorce. »

Je me mis à écrire sur-le-champ : « Maman, aujourd'hui tu me manques plus que jamais. Un autre a pris notre place, nous a volé ta présence et ta tendresse. Je donnerais n'importe quoi, des dizaines d'années, pour revivre mon enfance avec toi. Je te verrais en chair et en os comme je te vois souvent dans mes rêves : tu joues avec moi et tu me parles et tu ris.

« Je n'oublierai jamais les cercueils dont j'avais si peur, ni les gerbes et les couronnes aux rubans desquelles tu écrivais de si jolis textes. J'ai beaucoup à te dire. En dix ans, il s'est passé beaucoup de choses. J'ai tenu mon journal, sauf aux moments où j'étais trop malheureuse. Ces moments malheureux n'ont pas manqué : mon journal n'est pas bien épais. Il ne rapporte que des événements quotidiens de l'orphelinat, de petites joies et aussi des expériences dont la tristesse m'a marqué.

« Je t'ai attendue dix longues années, j'ai pensé à toi tous les jours, sauf deux. Ces années ont ouvert des plaies dans mon cœur qui ne se fermeront qu'avec ma mort, quand on les enterrera avec moi. Je n'ai pas eu la chance de vivre avec toi. Pour cela, je ne suis pas encore tout à fait assurée de l'existence de Dieu et de l'éternité, dont on m'a tant parlé.

« Mais peut-être nous rencontrerons-nous enfin, plus tard. Je ne sais qui a écrit cette phrase qui m'est restée en mémoire : " Dieu a caché aux hommes le bonheur de la mort pour qu'ils aient le courage de vivre "... »

Je n'ai jamais envoyé cette lettre. Il s'était produit quelque chose d'irrémédiable. Peut-être avais-je assez mûri pour savoir que je n'avais pas de mère.

Achevé d'imprimer en mai 1981
sur les presses de l'imprimerie Bussière
à Saint-Amand (Cher)
pour le compte de France Loisirs
123, boulevard de Grenelle, Paris

Dépôt légal : 2e trimestre 1981.
— N° d'édit. 5938. — N° d'imp. 1070. —
Imprimé en France